拉美
10 天敢动
假期
↓

巴西
+
秘鲁

U0871212

BRAZIL

PERU

拉美
10 天敢动
假期

项明生

巴西
+
秘鲁

生活·讀書·新知 三联书店 生活書店出版有限公司

Simplified Chinese Copyright © 2016 by Life Bookstore Publishing Co.Ltd
All Rights Reserved.
本作品中文简体字版权由生活书店出版有限公司所有。
未经许可，不得翻印。

图书在版编目（CIP）数据

拉美10天敢动假期：巴西+秘鲁/项明生著. —北京：生活书店出版有限公司，2016.6
ISBN 978-7-80768-113-7

Ⅰ. ①拉… Ⅱ. ①项… Ⅲ. ①游记－作品集－中国－当代 Ⅳ. ①I267.4

中国版本图书馆CIP数据核字（2015）第185465号

策 划 人　李　娟
责任编辑　苏　毅
封面设计　视觉共振设计工作室
内文设计　罗　洪
责任印制　常宁强
出版发行　生活書店出版有限公司
（北京市东城区美术馆东街22号）
邮　　编　100010
经　　销　新华书店
印　　刷　北京顶佳世纪印刷有限公司
版　　次　2016年6月北京第1版
2016年6月北京第1次印刷
开　　本　880毫米×1230毫米　1/32　印张8.75
图　　字　01-2015-4216
字　　数　150千字　图片357幅
印　　数　0,001-8,000册
定　　价　58.00元
（印装查询：010-64052066；邮购查询：010-84010542）

推荐序

很欣赏项明生，欣赏他那份毅力及不一样的眼光。他曾旅游的国家有七十多个，比好多在航空公司工作的人所踏足的地方还要广要远。他从只能看旅游杂志去窥视外界，至冲出世界，可以想象其间经过了多大的努力！

这位数码娱乐风云人物，一定有着天马行空的想象力及创意，才有这样辉煌的成就。他的文章也呈现着与别人不同的观感，有别于快餐式旅游文章，我们读到的是文学游记，有他丰富的知识，涵盖了美术、音乐、历史、天文、文学、民生、宗教等，令人读来需要深思细品。

项明生也教会我们不要用个人的思维去猜测别人的心态，不要以狭隘的眼光去看低或看高别人，更不要把自己的一套价值观强加在别人身上。正如他曾说的，“旅游的真正意义，是用开放的眼光、平常心的心态，去欣赏，去了解，而不妄加评论”。所以，在他的文章中，我们读到民族之间的欣赏与谅解、爱与包容。

他曾对我说，与世界上不同的人士接触，改变了他的人生观。

他感恩于现在的交通工具越来越方便，使他得以拓宽自己的精彩人生。

从这本新书中，透过项明生敏锐的观察与感受，我们可以看到一个不一样的世界！

国泰航空公司企业事务董事　庄伟茵

自序

拉丁美洲本名“新西班牙”，因为20国中，19个国家都讲西班牙语。

偏偏有一个国家讲葡萄牙语，这个国家也是拉丁美洲面积最大、人口最多的国家，在拉丁美洲中经济发展最快，国内生产总值位居南美洲第一，南半球第一，更是金砖四国之一。2014年世界杯、2016年奥运会，让巴西双喜临门。

这就是传闻上帝偏心、享有太多“世界之最”的——巴西。

巴西有三宝：桑巴舞、美女和足球。巴西队是唯一五夺世界杯冠军的球队，也是唯一从未缺席世界杯决赛圈的国家球队，巴西拥有两万多支足球队。

巴西人是世界上最性感的民族，桑巴女郎热辣辣，巴西男人也是热情似火。

巴西人是世界上最会享乐的人，有钱的享乐，没钱的更会享乐。

世界最大的派对，非巴西的桑巴嘉年华莫属。全民狂欢，通宵达旦，令人疯狂。

巴西有世界最大的河流和雨林：亚马孙河全长6 571公里，是世界第一大河，亚马孙流域有世界最大的热带雨林。

世界上断面最宽、水流最大的瀑布，就是巴西、阿根廷共有的伊瓜苏瀑布。

巴西什么都有，除了古迹。不同于承袭印加文明的秘鲁、玻利维亚，坐拥玛雅文明的墨西哥、危地马拉，500年前葡萄牙航海家来到时，这里只有森林里的少数原始部落。

所以，这里有世界新七大奇迹中最年轻的那一个：耶稣像（Cristo Redentor）。

我的拉丁美洲之旅，第一次选择秘鲁。第二年去墨西哥、古巴。第三次，当然，就是巴西！

10

拉美 10 天敢动假期

BRAZIL 巴西

PERU 秘鲁

目 录

01 拍摄电视之旅

意外发现的红木之地 015

巴西奇迹 016

世界第一 017

计划行程 018

拍摄旅游电视节目？ 020

02 一月之河，美如女人：里约热内卢

经过南非，前往里约 023

鸟瞰一月之河 024

世界新七大奇迹之一——耶稣像 025

圣特蕾莎：百年黄电车 028

旧城区：楼梯街Selaron 030

乐满科帕卡巴纳沙滩 031

梦呓巴萨诺瓦《来自伊帕内玛的女孩》 033

我到了伊帕内玛 035

巴萨诺瓦的摇篮 036

村上春树式的性感 038

巴西Vs.日本：那么远，这么近 040

03 世界最盛大的派对：里约嘉年华

欧洲和非洲交界之处 046

街头桑巴派对 048

The Parade大剖析 050

莫莫王、嘉年华女王 053

解构世界级桑巴舞学校 054

旗手开屏 055

前锋队员的绝活 057

步行方阵8 000人 058

神奇花车 060

乐鼓震天唱破喉 063

陆上行舟 065

巴西梦工场 067

十大评分标准 070

10万巨星 072

污泥中的钻石——桑巴舞学校探秘 076

04 嘉年华以外的里约

半个世纪的华人巴西热 083

那山上盛放的野花：里约贫民窟 090

根在脚下：葡萄牙石的足迹 096

05 亚马孙，半巴西

缘来是个女人国 099

世界最大的河 101

深入雨林探险 103

河中珍鱼异兽 107

一场游戏一场梦：马瑙斯 109

热带雨林中的巴黎歌剧院 111

大鱼传奇：金银龙鱼 114

06 水陆空反转伊瓜苏

春光乍泄阿根廷 120

瀑布之王——“魔鬼咽喉”瀑布 123

与瀑同眠 126

独占飞瀑 126

仙女的水晶珠帘 128

三国志 130

眺望巴拉圭的东方市 131

湿身于世界最大花洒 134

07 出发前，上网做功课

三毛走过的秘鲁 139

六天秘鲁精华游 142

08 印加迷城云上行

初抵世界肚脐：库斯科 149

粉红色美洲豹 151

毒品？热茶？ 152

印加王国的巨石 153

南美洲最美丽的广场 157

库斯科半日游 159

印加信仰的中心：太阳神殿 161

黄金国 163

性感女子的秘密 165

西班牙“时装” 167

09 登天之路

圣谷、马丘比丘之旅 180

圣谷的五彩市集 181

烧“几内亚猪” 184

爬印加梯田 185

活生生的印加城市 186

印加巨石之最 187

印加巨石是怎样磨成的 189

印加人的秘密　190

马丘比丘的观光火车　192

夜抵热水镇　194

夜晚巡游　196

10 沉睡四百年的太阳神处女

晨光中的神仙居所　203

遥望睡公主　205

漫游天空之城　207

上城区　209

下城区　211

城外种梯田　213

弃城和重见天日　214

山中方一日　217

热水镇巧遇美女　218

夜回库斯科　219

11 入手安第斯黄金

库斯科免费购物 225

安第斯山脉的黄金 227

烤鸡串烧大巡游 229

巴士站卖面盆 231

夜车前往沙漠 233

12 俯瞰小王子的星球

2 000年史上第一个观众 241

又来了一个香港的观众 242

画给上帝看 244

纳斯卡的守护女神 247

千古不解之谜 248

Hi，外星人 250

为什么是外星人？ 251

附送原始人 252

夜抵首都利马 253

13 首都城市：利马

利马市中心广场 257

利马亲善大使 259

印加西班牙终极和谐 261

利马大血拼 262

Pima Cotton（秘鲁棉） 264

再见！秘鲁 265

01

BRAZIL

拍摄电视之旅

位于南半球的巴西与北半球的中国香港季节正好相反。我们开春了，巴西正是盛夏，最诱人闪烁的桑巴季节，伊瓜苏万瀑奔腾的雨季，亚马孙河水上涨的时候。

旧世界的两河流域、埃及及地中海文明，个个都在5 000年以上。拉丁美洲文明之母——位于墨西哥的奥尔梅克文明（Olmecs），也有3 800年。巴西由殖民地到独立的历史很短，刚刚500年。巴西出现在历史长河时，中国已经处于历史上封建王朝（秦汉晋隋唐宋元明清）的倒数第二个——明朝。

1492年，哥伦布发现欧亚非以外的新大陆，就是现在的美洲，引起西班牙和葡萄牙的争夺。一年后，罗马教皇在地图上画了一条经线，瓜分了新世界，以西的美洲归西班牙，以东的亚洲、非洲归葡萄牙，称为教皇子午线。

>> 意外发现的红木之地

顺理成章，拉丁美洲大部分都变成了西班牙的殖民地。不过，尚有一个美丽的意外。

巴西1分的硬币上，这位大胡子就是佩德罗（Pedro Cabral），葡萄牙航海家，他将美丽的误会写成了巴西的500年历史。1500年，他从里斯本出发，沿着非洲海岸前往印度，因为风暴，偏离航道，向西越过大西洋，在今天的巴西北部Porto Seguro上岸，发现一些土人生活在石器时代，他以为自己到了印度，将土人命名为印第安人，将这里命名为圣十字架岛（Island of the True Cross）。后来才

硬币上认识巴西的起源（左）
巴西国父佩德罗一世（右）

发现，这里不是一个岛，而是南美洲大陆。

葡萄牙人相继前来，虽然这里不像印加、玛雅，没有黄金白银，但发现了一种名为巴西木（Brazilwood）的珍贵红木，可提炼红色染料。而当时还没发明合成染料，欧洲风行红色服装，“巴西木”被大量进口到葡萄牙，大家也因此渐渐地称这地方为巴西。

>> 巴西奇迹

巴西10分的硬币上，就是巴西独立的第一位国王佩德罗一世（Pedro I）。1807年，拿破仑军队进军里斯本前夕，佩德罗一世的父亲、葡萄牙王子若昂六世（Dom Joao VI）逃往巴西，宣布里约成为葡萄牙巴西帝国的首都。这是新大陆第一次，也是唯一一次成为旧世界的首都。14年后王室迁回里斯本，若昂六世返回葡萄牙就位，但佩德罗一世仍留在巴西担任摄政王。第二年，葡萄牙国会决议撤销巴西的中央政府，将巴西再度降为殖民地的地位，要求王子回国。但佩德罗一世宣告独立，于同年9月7日发出“不自由，毋宁死”的口号，正式与葡萄牙决裂，自己也变为巴西的第一位皇帝佩德罗一世。这一天就成为了巴西的独立日和国庆节。

帝制维持了68年，到1889年，巴西王室被咖啡财团支持的军阀放逐，成立新的巴西共和国，采用美式宪法，推选出临时总统，研拟了共和宪法。直到1894年，历时四年余，才产生了巴西首位民选总统莫莱伊斯（Prudente de Morais）。20世纪60年代开始军人独裁，1985年才结束。1994年经济改革，终止了4 000%的通货膨胀，还清了所有外债，创造出了“巴西奇迹”，跻身金砖四国。

>> 世界第一

巴西的国土面积世界第五大，有850多万平方千米，占南美洲总面积的48%。可耕地是中国的三倍，人口约2亿，是拉丁美洲人口最多的国家，是中国人口的七分之一。人均GDP为1万美元，约是中国的两倍。

巴西的香蕉也特别大

除了拥有两万多支足球队、唯一五夺世界杯冠军，这个足球王国也是资源和农业大国。我们平时在香港的超市买到巴西橙、巴西咖啡，在街市买到巴西鸡翅、牛排，因为巴西咖啡、橙子、甘蔗的产量均为全球第一。他们还把由甘蔗提炼的乙醇用作汽车燃料。

巴西矿产丰富，全世界60%的彩色宝石产自巴西。巴西地广人稀，资源丰富，有世界最大的热带雨林，没有地震、台风等自然灾害。连国家独立也是和平进行的，500年没有经历过战争。怪不得巴西人自己爱说："上帝用了六天造人，第七天就造了巴西出来。"这是个得天独厚的国家。

>> 计划行程

巴西太大，占了南美洲的一半，国土面积几乎和美国、中国一样，南美洲12国，巴西和10个国家相邻。要走透，非要一两个月不可。

飞机上鸟瞰世界之肺

无风起千层浪，伊瓜苏

要十日游遍巴西，我计划行程时，放弃了最大的城市圣保罗、首都巴西利亚，精选了三大亮点为行程重点。

时间上，由于嘉年华在每年复活节前47日开始，为期一周，所以我的行程以里约嘉年华的举办日期为起点，在每年二三月。里约被人形容是一个浪漫的漂亮女人，巴萨诺瓦（Bossa Nova）音乐诞生于此，还有世界七大奇迹之一的耶稣像。

由里约飞行四个小时，即抵达亚马孙的入口城市——马瑙斯。入住“地球之肺”的森林酒店，探访世界最大雨林、河流的自然奇景。

由马瑙斯飞圣保罗，转机前往最后一站——伊瓜苏瀑布。2月是雨季，是感受终极震撼的最佳季节。

一起舞桑巴

>> 拍摄旅游电视节目?

原本是拙作“拉美10天敢动假期”系列之旅，为什么最后变成了十个人的旅游电视节目拍摄之旅?

出发前我在香港“好合拍”制作公司的春茗上，告诉著名电视节目制作人萧潮顺我的旅游大计。他一听，就问我，有没有兴趣拍摄成电视旅游节目。在旁的陈百祥夫妇，也起哄要一起去玩。萧大哥出品过众多叫好的电视节目，如《苏Good》《李纯恩大食游》等。

我考虑了一晚，虽然大学时代曾经做过电视音乐节目的主持，但幕前演出，我仍然是一窍不通。有机会同这几位我十分尊敬的前辈学习电视制作，又有得玩，难得的机会呢!

马上展开地狱式训练。好在一众好友二话不说，力撑这个半路出家的小学鸡旅游节目主持人。公关大姐大梁安妮女士亲自教我镜头前的说话技巧、速度、眼神、态度、姿势等。金牌制作人萧大哥为我试镜，指导我人物访问、面对镜头、走位等基本知识。袁弥明除了赞助她的Mi Ming Mart化妆品、护肤品，还亲自教我出镜化妆技巧。星级发廊Il Coupo老板Danny为我设计了一个可以自己打理见人的发型。陈冠希潮店Juicy赞助我由头到脚的服装、背包、运动鞋。还有Now TV旅游节目主持人洪永城面授机宜，如何在街上做人物采访、如何在镜头前随机应变、如何避免dead air（冷场）等。挂一漏万，在此谢过各位好友江湖救急！

除了计划行程外，我也是Copywriter（文案作者），自己一手一脚搜集和写好所有节目中的数据、讲稿。这逼着我在出发前对巴西也有了更深的认识。

于是，滚水淥脚。3月份，我们十个人就浩浩荡荡出发了！

我的第一次电视拍摄之旅

02

BRAZIL

一月之河，美如女人：里约热内卢

中国人说，有个南美城市，集中了中国最漂亮的上海外滩、黄山险峰、三亚沙滩。巴西人称之为“神奇之城”。其东面是世界第二长的沙滩，南面是浩瀚的大西洋，城中有山，山上有城，山峰起伏有致，沙滩连绵不绝，全市到处是S形的白浪沙滩，翠绿山峰，怪不得意大利人称之为“美得像个女人”的城市。

最著名的山峰叫面包山，1502年葡萄牙船队经过茫茫大西洋，远远望见这座面包形状的山峰，知道快到陆地了，于是向这座山全速开进，在面包山登陆。葡萄牙人习惯为每一个发现的新地方命名，依据天主教的日历，看那天是哪个圣人生日，就以哪个圣人名字来命名。但发现这个地方时值1月1日，没有天主教圣人生日，葡萄牙人看到这个漂亮的港口，以为是一个河口，于是命名这里为River of January（Rio de Janeiro），一月之河，美如女人。其实南美的城市名都很美，布宜诺斯艾利斯（Buenos Aires），意即美丽空气。

>> 经过南非，前往里约

由中国香港经南非，前往巴西，这条路线比经北美更省时间，亦不需美国签证。

12小时的航程，国泰商务舱可以180度平躺睡觉，睡得很舒适，没有经济舱并发症。次日到达南非约翰内斯堡已早晨9点。导演抓紧机会，要拍机场，没有稿子，我唯有临场发挥，大讲南非的特产Big Five（五大动物，指南非特有的大象、犀牛、野牛、狮子和豹）、曼德拉等。3个小时后，转乘南非航空。经过10个小时，飞越陌生的

南非机场内拍摄花絮

曼德拉先生，好高啊

大西洋，到达巴西最大的城市圣保罗。再转乘当地航空公司GOL的航班，迟飞半小时，又不通知！在内地应该骚动不满了，但一众等候的巴西乘客都无动于衷，习以为常。上了机又等，又迟了一个小时才起飞。拉丁民族的特征吧！

>> 鸟瞰一月之河

里约的分区和香港的分区很像。

里约一面是高山，另一面就是大西洋。中间狭长的地带，就是市区，分为两个大区。

北区是工业区，楼价也便宜一些，有世界最大的马拉坎纳（Maracana）足球场。2014年世界杯在这里举行。2016年更会举办奥运会。

中间交界就是老城区，也叫Centro，这是最早殖民的地区，保留了500年前的殖民地建筑，例如以黄色电车闻名的圣特蕾莎（Santa

科帕卡巴纳沙滩旁的豪宅如同浅水湾，后方尖峰就是面包山

Teresa)，就位于俯瞰老城的小山丘上。

南区是沙滩区，也是中产及富人的豪宅区，也是游客的重点观光区。沿岸连绵200公里，都是一个接一个的白色沙滩。由最北端的莱米（Leme）沙滩，依次到月牙形的科帕卡巴纳（Copacabana）沙滩，相连的是更著名的伊帕内玛（Ipanema）沙滩，再往南就是莱布隆（Leblon）沙滩。沙滩附近都是中产及富人居住区。穷人呢？都住在半山及山顶的非法建筑贫民窟中。

>> 世界新七大奇迹之一——耶稣像

里约有山有水，相比很多大城市，地理上有先天的优越。

山不在高，有仙则名。况且，这个仙还是世界有名的耶稣像。

巴西天主教教徒数量居世界之冠。公元1500年葡萄牙人进入巴西，开始将天主教带入巴西。天主教在巴西受当地印第安信仰和非洲宗教影响，成为特殊的巴西天主教。

1850年天主教士就向当时的葡萄牙公主伊莎贝尔（Isabel）要求修建一个大型宗教像。直到巴西1889年成立共和国，1921年天主教会再次建议，由巴西天主教徒捐款。方案包括十字架、手握地球的耶稣等不同造型，最后张开双手的装饰艺术（Art Deco）设计被选中。雕像头顶有长针，防小鸟驻足大便。当地人设计，法国人修建，始建于1922年，1931年完工。2006年，雕像建成75周年时，在旁边修了教堂“Our Lady of the Apparition”（圣母显灵）。

这座世界最大的装饰艺术雕像，当年用了25万美元。原本设计由9 200公里外的天主教罗马教廷用无线电波控制开关，每晚亮灯，但由于天气影响，最后放弃了这个方案，由里约的工人手动控制亮灯。

2007年，耶稣像入选为世界七大奇迹之一。相对于世界其他宗教的塑像，做个比较，你就会明白，为什么这个工业时代的石制神像入选世界七大奇迹引起争议。中国唐代的乐山大佛（803年），比这个早了1 100年，更高出一倍。香港的天坛大佛高43米，比耶稣像高4米。

一大早就上耶稣山，就在酒店所在的科帕卡巴纳沙滩后面。坐上原本为王室打猎而修建的登山小火车，登上700米高的小山，小山原名Corcovado（意即驼背），又称耶稣山。途中有乐队上火车来，又唱又跳。

登山小火车

乐队又弹又唱，但观众似乎不受用

从天而降的巨大耶稣像

正面的耶稣像，头部前倾微俯

窗外白雾茫茫，巨大的耶稣像由天而降，凌空横出，白雾吞没了山脚。他张开了双臂，用坦荡的胸怀包容和拯救天地之间的万事万物。

耶稣像39米高，30米宽，重1 200吨。近距离的第一眼印象，没有在山下远眺那么高大。和世界上大部分城市的大型雕塑一样，平凡低调，静默看护着山下的里约，少了其他六大奇迹曾带给我的视觉的激荡、感官的刺激、思维的冲击、浪漫的情怀。

前面观景台只有数十米的窄小空间，大家都争相扮雕像的手势，为了拍摄全像，大家各出奇谋。

耶稣像最值得一提的应该是其装饰艺术风格，这是世界最大的装饰艺术雕像。20世纪20年代源于巴黎的这种风行全球的装饰艺术设计风格，以严明的轮廓、几何的形体、阶梯状的造型、新材料的运用为其特点。装饰艺术风格在造型艺术中采用几何形状或用折线进行装饰，线条硬朗；大胆采用钢铁、玻璃等新材料，运用豪华的装饰来提升设计品位；色彩构成上强调强烈的纯色、对比色和金属色系，彰显工业时代的特征，相比繁复的古典主义有很大的进步。纽约市曼哈顿的建筑、香港中环的街市，即是装饰艺术风格。

>> 圣特蕾莎：百年黄电车

里约有三座很出名的山，除了耶稣山、面包山，还有位于旧城的圣特蕾莎。

登上里约唯一的电车，前往老区圣特蕾莎，一个俯瞰市区的小山丘。这个小山名字源于1750年的两个修女，在山顶修了侍奉圣特蕾莎的修道院。特蕾莎是16世纪的一位西班牙修女，被罗马教宗封圣。里约在1763—1960年曾为巴西首都。由于当年有疫情，富人们于是由山下的老城区慢慢向山上搬，由一间修道院发展成为上流社

黄电车来了

开放式车厢，随上随下，大家似乎都没有买票

坐不下，就挂在车厢外面

会的住宅区。这里遍布狭窄的小巷，现在这里已不是富人区，变成了艺术区，拥有很多由殖民地老屋改建的画廊、艺术馆、博物馆等。

电车的木制车厢有115年历史，采用开放式设计，沿途有人随意跳上跳下。1896年，这条路轨原本是运水上山给富人的，后来改成小电车，感觉与里斯本的电车相似。

圣特蕾莎有很多殖民时期的老屋，但保养不佳

旧城区有无比强烈的小便味道，令人掩鼻而逃

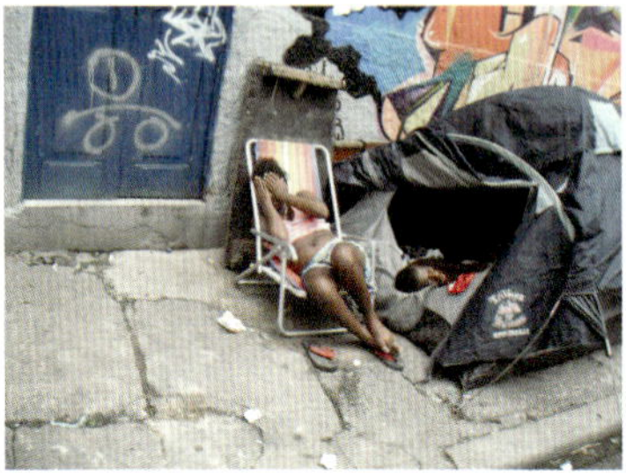

旧城区的露宿者

>> 旧城区：楼梯街Selaron

由圣特蕾莎坐电车下山，摇摇晃晃，就到了里约旧城区Lapa。这里有很多葡萄牙式的殖民地建筑，但是极其残破。走进小巷，卫生条件恶劣，满街都是垃圾和露宿者。我问导游卡洛斯（Carlos），为什么政府不清理？他说因为嘉年华才这么多垃圾。满街强烈的尿臭，令人掩鼻而逃。

逃出充满尿味的小巷，就到了瓷砖楼梯街Selaron。这是一条长长的楼梯街，铺满了色彩斑斓的不同风格的瓷砖。原来有位当地艺术家乔治·塞拉诺（Jorge Selarón），20年收集不同国家的瓷砖，多到家中没有地方堆放。市政府最后同意他将这条楼梯街铺上瓷砖，于是他用了20年时间，铺了2 000多款各国瓷砖，有点像西班牙高迪建筑的风格。由中国到以色列，由智利到希腊，几十个国家的瓷砖，蔚为壮观，成为旧城最著名的一道风景线。

楼梯街也不是杂砖横生，楼梯色调以巴西国旗的绿色和黄色为主，两旁饰以红色。国旗上的绿色，代表巴西一半以上的土地都是被森林覆盖。黄色代表巴西矿产丰富，全世界60%的彩色宝石均产自巴西。红色自然是指巴西红木。

旧城区有不少荷枪实弹的军警，证明治安不好

美化后的楼梯，成为旧城最著名的一道风景线

楼梯街的色彩基调源自巴西国旗

瓷砖的排列和手工，都很精细

>> 乐满科帕卡巴纳沙滩

科帕卡巴纳有多重意思。它原本是玻利维亚的圣城，以科帕卡巴纳圣母（Our Lady of Copacabana）闻名。更出名的是以此圣城命名的里约沙滩，长达四公里的科帕卡巴纳沙滩。月牙形的白沙滩旁林立着63家星级酒店，这里号称世界最著名的沙滩，远比其发源

地玻利维亚圣城更为出名。

1930年，巴西画家罗伯托·布尔勒·马克斯（Roberto Burle Marx）设计了专属科帕卡巴纳的波浪形黑白相间葡萄牙石图案。市政府之后整整用了40年，到1970年才人工铺完四公里的人行道。

1979年格莱美奖的得奖流行曲，正是风靡一时的名曲《科帕卡巴纳》，相信一曲“Her name is Lola，she was a showgirl”音乐，

科帕卡巴纳沙滩上一家接一家的国际酒店

科帕卡巴纳沙滩大道上，俗称葡萄牙石的图案是波浪形的

葡萄牙石的波浪图案，已成为科帕卡巴纳沙滩的商标

很多人都会哼。这已经是第三次借用此名了。与里约的这个沙滩没有关系，美国歌手巴里·马尼洛（Barry Manilow）讲述了纽约市的一个名为“科帕卡巴纳”的夜总会里发生的故事。虽然歌曲是以一种黑暗激昂的巴西拉丁曲风展现的，但歌词所讲述的故事却是一个歌女洛拉（Lola）的爱情悲剧。

我对夜总会、科帕卡巴纳和黑暗激昂曲风兴趣不大，我的兴趣在另一个沙滩、另一种情调、另一种音乐。

>> 梦呓巴萨诺瓦《来自伊帕内玛的女孩》

我对巴西的印象，不是来自巴西烤肉或鸡翅，而是来自东京的一家咖啡馆。

1996年的一个炎夏下午，我独自在六本木的咖啡馆看着村上春

不会衰老的伊帕内玛女孩

哪一位是伊帕内玛女孩呢

树的小说，听到播放一个柔和性感、温暖慵懒的女声唱葡萄牙语歌曲，听了一个多小时，我仍然舍不得离开。询问职员，才得知是当时流行的巴西籍日裔女歌手小野丽莎（Lisa Ono）。

那首令我一听倾心的歌曲叫《来自伊帕内玛的女孩》（*Girl from Ipanema*）

苗条的身段，晒黑的肌肤
年轻又漂亮的伊帕内玛女孩
向前走着
踏着桑巴的舞步
冷冷地摇着
柔柔地摆着
想说我喜欢她
想献上我的心
她却没注意我
只顾望着那大海出神

慢慢地我发现，这首歌是小野丽莎翻唱了一首1962年的巴西巴萨诺瓦音乐的划时代名曲。歌曲背后有一个浪漫动人的真实故事，发生在里约的这片沙滩上。

1962年，里约年轻作曲家乔宾（Antonio Carlos Jobim）和填词人摩瑞斯（Vinicius de Moraes）两人经常在伊帕内玛海滩附近的Veloso酒吧喝酒，两人经常看见一位青春标致、步履摇曳的女孩在沙滩上走过，令他们目不转睛，但女孩从不曾理会这两个毛头小子。冷傲的大美女，终于激发了这两位吃柠檬的年轻人的小宇宙，创作了这首后来红遍全世界的《来自伊帕内玛的女孩》。

>> 我到了伊帕内玛

到里约的第一件事，就是前往伊帕内玛沙滩。一边哼着这首歌"Tall and tan，young and lovely，The girl from Ipanema goes walking"，一边欣赏着一个接一个的蜜糖肤色的青春少女，走在长长的细白沙

不能剔的"牙线"

唱着歌介绍伊帕内玛

滩上，摇曳生姿，被戏称“牙线”的巴西比基尼，布料少无可少，细如绳索，和桑巴巡游的性感女郎如出一辙。

买了一个椰子，坐在沙滩上发呆，听着手机中的巴萨诺瓦，看着前面那位蜜糖色皮肤的女孩，长腿摇曳，扭动蛇腰，就是她吗？永远不会老的女孩，从1962年起就在沙滩上走着，今天还在走。我想看看她的脚底板！是村上春树写的那么的形而上吗？

啊，传唱了半个世纪的美丽歌谣，原来是真的！伊帕内玛的女孩永远都不会衰老，从1962年开始，就在这个沙滩上“踏着桑巴的舞步，冷冷地摇着，柔柔地摆着”。

伊帕内玛相当于香港的浅水湾，这里更高雅、更中产、更富贵。美国旅游频道Travel Channel早前宣布全球评选，伊帕内玛当选为“全世界最性感的沙滩”。

>> 巴萨诺瓦的摇篮

由伊帕内玛沙滩走去摩瑞斯（Moraes）街，这条街以《来自伊帕内玛的女孩》的填词人摩瑞斯的名字命名。远远地见到十字路口的一间灯火通明的酒吧，“伊帕内玛的女孩”（Garota de IPanema），1962年的某个夏天，青春少艾的美女Helo从这间酒吧走过，引发乔宾和摩瑞斯哼出这首歌。由一首歌引发，到酒吧改名（酒吧原名Veloso），到一条街的名字都以作曲家命名，可见这首歌在巴西人心目中无可取代的位置。

怀着小粉丝朝圣的心情，我到达酒吧时，拍照的手在抖。等了我15年的酒吧，位于十字街角，面向大街的两边都是落地玻璃木窗，果然方便“to see and to be seen”（看和被看）！我坐在窗边，感受

街名和酒吧名以这首歌和作曲人命名

酒吧内贴有这首歌的手稿，以及三个人的旧相片

Helo女士的美丽一生

一下半个世纪前的两位作词、作曲家无聊地喝着啤酒，眼前忽然一亮，被路过的摇曳美女激发出这首传唱半个世纪的名曲。

乔宾天才洋溢地融合了巴西热情的桑巴舞曲和当时流行的美国酷派爵士（Cool Jazz），曲调轻快浪漫、柔和轻松、慵懒甜美、浪漫性感，不像桑巴那样节奏强烈，而是带有一份慵懒和轻松的感觉。这首歌曲打进美国的畅销排行榜96个星期，开创了所谓的“巴西新音乐”，这就是巴萨诺瓦（葡萄牙文新风格的意思）。这是陪伴我无数个不眠之夜的最佳晚间音乐，一种可以令人完全放松、微笑的心灵音乐。

这家酒吧后来便以这首名曲的名字为店名，吸引了成千上万的观光客来此一游。酒吧内贴有这首歌的手稿，以及这首歌的原型女生艾洛莎·本内罗（Héloisa Pinheiro）女士（常被昵称为Helo）当年的相片。一看，虽然是黑白相片，果然有“秒杀万千男生”的修长大腿、精致五官、匀称身材，还有那种冷酷的走路的风格、踏着桑巴的舞步。

>> 村上春树式的性感

“1963年，伊帕内玛姑娘就这样望着大海出神。而现在，1982年的伊帕内玛姑娘，依然同样地望着大海出神。她自从那时候以来一直没有变老。她被封闭在印象之中，静静地漂浮在时光之海……

“但是唱片中的她，当然不会老。在斯坦·盖茨（Stan Getz）吹的天鹅绒般的次中音色士风里，她永远是十八岁，又冷又温柔的伊帕内玛姑娘。我把唱片放在唱盘上，唱针一接触，她的姿态立刻出现了。

“‘想说我喜欢她，想献上我的心……’

“每次我一听这首曲子，就会想起高中学校的走廊。”（节录自《1963/1982年的伊帕内玛女孩》）

60年代，来自里约热内卢的巴萨诺瓦音乐传到日本，风行一时。这首名曲也令村上春树一听难忘，写下了著名的小说《1963/1982年的伊帕内玛女孩》。在读大学时，我看过这本小说，对伊帕内玛女孩充满了村上式的幻想。

小说最后一段写道："1963/1982年的伊帕内玛姑娘，如今依然继续走在灼热的沙滩上，直到最后一张唱片磨平为止，她会永远不停地继续走着。"

到了2001年，应该改写，她由沙滩走到了一家珠宝店。

这首歌的原型女生Helo，1962年芳华十八，住在沙滩附近，天生丽质，一曲成名。如今虽然年近七十，却风韵犹存。不过她成名后，最近有一件麻烦事：她在首都圣保罗开了一家珠宝店，店名就叫"伊帕内玛女孩"，2001年两位作曲、作词人的后代提起法律诉讼，指她侵犯这首名曲的版权。由于巴西公众支持Helo，她亦证明作曲家曾在新闻稿中封她作伊帕内玛女孩，最后取得胜诉。这家珠宝店现在仍然位于圣保罗，每天都有世界各地的粉丝前往小店寻找Helo女士。

当然，1962年的伊帕内玛女孩，因巴萨诺瓦之名，至今还活在巴西人以及全世界人的心里。村上的小说中，每天她还在长长的伊帕内玛海滩上摇摆。

伊帕内玛等同于性感一词

To see and to be seen是沙滩的规则

沙滩的冲凉淡水，由私人供应

铃木小姐是巴西日侨，但已经不会讲日语

>> 巴西Vs.日本：那么远，这么近

巴西和日本，位于地球的两端。日本的东岸是太平洋，一直航行会到美国西岸。巴西的东岸是大西洋，一直航行会到非洲和欧洲，水路和日本并不相接。但两国的关系千丝万缕，何止是村上春树、小野丽莎。

巴西是日本移民聚居最多的国家，现有150万日侨。相对于20万巴西华侨，多出七倍有余，这是其他任何国家没有的比例。1888年（明治二十一年），巴西废除奴隶制，劳工短缺，于是和明治政府达成协议，输入日本农民，在咖啡园工作。日本农民大规模由日本移民到巴西，一直持续到第二次世界大战之前。20世纪70年代日本经济起飞后，有很多日裔巴西人回到日本居住工作。

日裔巴西人中，以出生于圣保罗的小野丽莎最为出名。她父亲在当地经营音乐酒馆，因此她从小便受到许多巴西一流音乐家的熏陶，10岁时举家迁回日本。1989年，小野丽莎在日本发行了首张葡萄牙语专辑*Catupiry*，将巴萨诺瓦曲风介绍给日本乐迷，其无拘无束的音乐，搭配上她时而慵懒柔软、时而活泼俏皮的唱腔，迅速地在日本形成一股流行风潮，不仅是爵士乐领域，还延伸至流行音乐市场，成为日本少数能够跨出爵士乐界征服流行音乐市场的爵士乐歌手。她曾在香港、台湾举办演唱会。

多谢你，小野丽莎！你带我进入了葡萄牙语歌曲的世界，你的Bossa Nova歌曲送我无数甜梦。还有，你教会了我“Tall and tan，young and lovely，The girl from Ipanema goes walking……”

巴萨诺瓦女王将里约的煽动多情带来香港

03

BRAZIL

世界最盛大的派对：里约嘉年华

自一万年前原始部落开始，狩猎、丰收、战胜、喜庆时，原始人便手舞足蹈、闻歌起舞。载歌载舞，不仅鼓舞了士气，团结了部落，区分了敌我，产生了图腾，还催生了原始宗教。

里约今晚在燃烧。因天主教和非洲祖先之名，巡游由烟花点燃，遍地开满七彩的闪亮宝石，跟随桑巴的动感节奏，全场八万颗人心开始热得发烫，身体开始摇动，地球开始感动了，银河也在往下偷望。因为，今年（2012年）的主题是“Sea of fantasy”（范特西之海）。

香港去年（2011年）新春花车巡游有11部花车，万人空巷，是本地最大的巡游，相当于里约一家桑巴学校的规模。而每年里约嘉年华决赛，就有12家顶尖的桑巴学校同场比拼。全世界人口最多的中国，近年最大的一次舞台表演——令人瞩目的2008年北京奥运会开幕式，共动用两万名演员。但里约嘉年华，不算街头派对，光是决赛，就有近十万名演员，这是人类唯一可以媲美非洲动物大迁徙的盛况的活动。

如果说那些华丽盛大的节日巡游是河流溪泉，所有国家的大型

范特西之海，巧笑倩兮，美目盼兮

Portela 学校的一对旗手，穿着银色战衣，载歌载舞

步行方阵的演员，皆是义工，但专业水平令人赞叹

耀眼的服饰，不只是女生，男生也金光闪闪

小黄莺出谷了！
余音足以绕梁三日，天上的极乐鸟也驻足

巨型野人造型的花车，车顶站有桑巴皇后

表演是大江大海，那么，里约嘉年华就是太平洋，无边无际，汪洋奔腾，人山人海，色彩绚烂，羽毛潋滟，争奇斗艳，十万孔雀，同时开屏，日月无光，云汉失色。

全球最大的表演，绝不是唾手可得。这是巴西的骄傲，全巴西两亿人终年穷一国之力，奉献给上帝欣赏的人类最华美的一夜。今晚地球的所有颜色都在里约闪亮，森林中所有的孔雀都在巴西美女身后开屏，天上所有的极乐鸟都在桑巴女郎头上起舞求偶。魔法师将这个派对变成世界唯一的大花园，百卉千葩，姹紫嫣红。我今晚只是一只由地球对面飞过来的小蜜蜂，浸淫在芬芳的花丛中，第一次被色彩、闪光、笑靥、歌舞填满双眼。

曾经沧海难为水，除却巫山不是云，任何表演必折腰，此景不应人间有。

>> 欧洲和非洲交界之处

巴西人信奉天主教，血液中流淌着非洲节奏。两亿人为桑巴舞而生，为嘉年华而活。

Carnival，中文意译为“狂欢节”，音译为“嘉年华”，来源于意大利语Carne Vale（不再吃饭），与天主教重要节日复活节有密切关系。教会将复活节定在每年春分月圆之后第一个星期日，以纪念耶稣基督于公元33年被钉死后第三天复活。每年复活节前有一个为期40天的大斋期，斋期的第一日叫圣灰日（Ash Wednesday）。过了圣灰日，教徒就要守斋，禁止娱乐，禁食肉食，反省、忏悔以纪念复活节，生活肃穆沉闷。但这个由肃穆自律的犹太人传来的大斋期，怎么令贪威恋食的罗马人后代、享受人生的拉丁民族折服呢？

于是由刚信奉上帝的罗马时代开始，在圣灰日开始前，欧洲天

旋转婆婆，歌颂桑巴舞的非洲根

巴西的历史，往往是花车的主题

主教徒会专门举行派对，纵情欢乐，故有“狂欢节”。至今天主教国家，如意大利、法国、西班牙、葡萄牙等，每一年圣灰日前都有盛大的嘉年华。但当中以巴西嘉年华为全世界最盛大，为什么呢？

因为巴西人口结构与欧洲乃至南美洲天主教国家不同。阿根廷、智利等以白人为主，秘鲁、玻利维亚等以原住民为主，其他是混血的棕色人种。只有巴西，因为原住民人口不足，16世纪输入了300多万非洲黑人做奴隶，一举成为南美洲最大的黑人国家。15世纪由葡萄牙人传入嘉年华，之后的三百年间和欧洲传统的宗教节日类似。直到1888年，巴西黑奴解放，黑人涌上街头庆祝游行。跟随明快强劲、源于非洲的桑巴节奏，黑人舞者大幅扭动腰、臀、腹部，结合欧洲的天主教热忱，形成巴西独特的桑巴舞派对。1928年，里约街头游行派对开始专业化，变成桑巴学校的专业比赛。近年的嘉年华，已经没有了宗教色彩，反而成为世界上最大的派对。

开幕当天，里约热内卢市市长在官邸亲手将城门的金钥匙交给被称作“莫莫王”（Momo King）的“嘉年华国王”，象征着一年一度的嘉年华正式开始。自此，在长达一周的嘉年华中，整个里约热内卢城都要由莫莫王“统治”，全体市民将按照自己的方式尽情狂欢。一周的嘉年华，全民放假，所有商店关门。巴西人忘记了平日的烦恼，忘记了工作，不分等级肤色，涌到大街上载歌载舞。

>> 街头桑巴派对

未上主菜之前，先来一碟前菜！参加街头桑巴派对吧！

街头派对是很随意的活动，服饰没有规定，没有门票限制。这种街头派对，夜以继日，很多个小区都有。伊帕内玛沙滩的街头派对始于1965年，是里约最著名的一个派对，下午3点开始。我们跟着穿着五颜六色奇装异服的年轻男女，到了伊帕内玛广场。有男扮女装，有扮海盗船长，最简单的就随便在街上小贩处买了个七彩头套来戴。

在街头派对中，吸引眼球的三大原则是少布、少布、少布。女士只穿“牙线”比基尼，男人干脆脱了衣服，只穿三角泳裤，沿途

这两个男扮女装的舞者，扮演得十分认真，自然能够得到粉丝的认同

嘉年华，家庭乐！但后面几位非男非女的半裸男士，教坏小朋友哦！

水泄不通的伊帕内玛街头派对

大家都是Amigo！

今年已经是第47届伊帕内玛街头派对了

就会有越来越多的粉丝要求合影！肯露的巴西俊男美女，平时一定下了一番苦功。

这是没有国界、没有隔膜、没有陌生人的世界。互不认识的、语言无法沟通的，男女老幼笑一笑，手牵手，臀部碰一碰，在大街中间，就一起跳起舞来。街中央有个大卡车，现场乐队在车上，震耳欲聋，万人合唱！这种桑巴街头乐队叫Bloco，是看似凌乱无组织的街头嘉年华的真正灵魂，每队都有自己的主题曲。最著名的Bloco来自

鼓手应该也是街坊业余充当

吃着棒棒糖，也可以参加巡游

东部城市Recife，曾经吸引了200万人参加。伊帕内玛乐队（Banda de Ipanema）是里约最出名的街头乐队，成立于1965年。

回酒店途中，发现不止是伊帕内玛广场，沿途处处都是盛装的人潮。里约几乎每个区都有自发的街头派对，规模小很多，由一辆货车上的现场Bloco歌手大唱桑巴舞歌，车后面站了十多个鼓手，路人就跟着巡游。随时可以加入，随时可以离队，也不用付费。大家一边游行，一边唱歌，一边喝啤酒，人人情绪高涨，悉心打扮，一起扭动腰肢，果真是“一起舞桑巴，赶走不满”！

>> The Parade大剖析

巴西是桑巴舞国家，全国都有嘉年华，除了有名的里约、圣保罗外，北部萨尔瓦多（Salvador）也有著名的街头嘉年华。里约街头嘉年华举行了100年，一直都是这种业余性质的自发街头派对。直到1983年，正式成为专业桑巴舞学校的比赛，表演开始进入专业水平。为了把里约打造成为娱乐之都，曾设计首都巴西利亚的工程师用了117天，修建了能容纳八万观众的桑巴馆（Sanbadrome，葡萄牙语为Sambodromo）。嘉年华中的嘉年华，唯有里约这个桑巴馆。“不够爆炸，怎么有话题！让我夸，做大娱乐家！”就是这场秀的写照。

桑巴馆占地8.5万平方米，两侧是可容纳八万人的看台。中间是一条白色的700米长的笔直大道，每支桑巴队伍就由门口进场，沿途载歌载舞，向前行进，在80分钟内必须完成，队伍的所有步行方阵及花车走完大道。大道的尽头是一个女性臀部向天造型的拱门，象征桑巴女郎。

每年嘉年华期间，要在这个赛场举行五天的桑巴舞活动。第一、第二天是热身的乙组比赛，表演最佳的两队第二年可以升到甲组。第三、第四天是整个嘉年华的精华，最为精彩，也叫“大巡游”

极尽浮夸，这就是大巡游，终极的嘉年华

以飞鹰为记的Portela学校，旗手必须保护学校旗帜，全程不能接触到地面

（The Parade），相当于桑巴舞的甲组联赛，准确地是说世界杯。

里约有数百桑巴街头乐队，桑巴学校有200多家，植根于不同小区。地位最高的组别叫G. R. E. S.（Groupo Reunido Escola de Samba），甲组只有12家学校，由200多家学校中打拼出来，是里约最高水平的桑巴学校，其实也代表了巴西全国、全世界最高水平。每年嘉年华的主角，桑巴馆的大巡游，就是他们的表演比赛，在大巡游这两天中，这12家桑巴舞学校要在桑巴馆施展浑身解数，一决雌雄，评出今年的名次，最低分的两队将会降级到乙组。前五名的学校，会在下一个星期日进行一场胜利大巡游，气氛轻松很多。我选择了看大巡游，如果时间不合适，次选为胜利大巡游。最便宜的门票为热身表演的乙组比赛。

>> 莫莫王、嘉年华女王

八万人的桑巴馆一早就座无虚席。大巡游比赛，由烟花盛放作开场。人声喧嚣中，白色大道上，今年嘉年华的莫莫王出来了，他由里约市长任命，在长达一周的嘉年华时期，接管了里约市，代表无法无天的狂欢开始了。他原本是一个马戏团的小丑角色，由三位今年嘉年华桑巴皇后陪同，摇摆出场。根据巴西官方资料，因为他性格贪玩，由希腊神话中的奥林匹斯山被驱逐出来，到了里约定居（好像是笑话多过神话，因为巴西立国历史比希腊古典时期晚了2 000多年），他一桑巴（Samba可以作为动词），宇宙万物必须停下手上的工作，一起桑巴！

嘉年华女王（Queen of Carnival）霸气十足，丰满性感，身上碎布般的三点式遮不住她小麦色的健康肌肤。步履旖旎，扭腰转臀，

今年的嘉年华女王，气势十足

排名亚军的嘉年华公主，亲和力十足

每一下，都将头上明黄色的极乐鸟羽毛、身后棕褐色的雉鸡羽毛抖动得婀娜多姿，仿佛鸟儿活过来了。

她和后面的亚军、季军（被称为嘉年华公主），都在桑巴比赛前选出来。标准是美丽、自信、才智、表达能力、亲善，最重要的是跳桑巴舞的能力。最后，她们必须拥有嘉年华的“狂欢精神”。

>> 解构世界级桑巴舞学校

轻松的莫莫王、女王走后，气氛开始凝重。一队穿着Controle制服的工作人员开始清场，保证桑巴大道没有任何垃圾或闲杂人等。因为跟着开始的，就是决定近10万个表演者命运的决赛了。

每家参加决赛的桑巴舞学校上场参赛的演员为4 000—8 000人，

一望无际的巡游队伍，长达数公里，要走80分钟才完成

分成32个步行方阵（细分为前锋、后翼、后防、乐队等）、8个大型花车，中间穿插不限数量的桑巴皇后、旗手、鼓手、嘉宾明星等。

>> 旗手开屏

每队开场的，必是旗手（porta-bandeira），由一男一女组成，女主角手持学校的旗帜，跳出当年学校主题的桑巴舞，这是计分的第一环。高贵、典雅、动作敏捷、身体弹性、爆发力、两人互动性、主题表达性都是评分标准。以往男舞者带有佩刀，保护女旗手免受其他对手学校的暗算。为加强评判印象，巡游中间有第二对甚至第三对旗手。

男女旗手的重要性犹如蜂窝中的蜂王，在8 000个花枝招展的舞

队伍有开路先锋，桑巴舞队开头的就是手执校旗的旗手

引吭高歌的女旗手，唱出今年Portela学校的主题“蓝星球”（Blue Planet），向16世纪的航海大发现致敬，所以服饰以蓝色羽毛为主

Portela学校的第二对旗手，用上另一套白色战衣

者中，他们的服饰更加极尽奢华。头上及身后都饰以大型七彩极乐鸟羽毛、雉鸡羽毛，上身性感，下身伞裙宽达两米，张开比孔雀开屏更盛大艳丽，炫耀夺目。娇小身躯披挂数十公斤的珠翠罗绮，难得性感女旗手仍然跳跃自如。我坐的贵宾席，刚好在评审委员席下面，每一对旗手都驻足于此，载歌载舞。

和自然界唯一不同的是，男舞者的羽毛更为内敛低调，穿着同名系列华服。他的责任是保护女主角。两人共舞，如同极乐鸟的求偶舞，对唱对跳。但学校旗帜在任何时候都不能触地，否则扣分。

>> 前锋队员的绝活

桑巴舞者来了。这是学校的精英部队，又名前锋队员（Comissão de frente）。不同于旗手会站在评审面前大跳大唱，他们拥有“一边走，一边跳”的绝活。鲜黄、宝蓝的雀屏盛放，她们一边扭动蛇腰，一边领唱主题曲。

这些桑巴舞者负责介绍今年的学校主题，定下故事基调。他

边唱边跳边走，不是常人能做到的

虽然我不懂葡萄牙语，但她对里约的赞美之情，溢于言表

们的服装比群众演员华丽很多。每家学校出赛有8 000人，但只有15—20人担此重任，一人入选，绝对是全家人的荣耀。他们都是专业舞蹈演员，秘密练舞一年，因为今晚的每一个转身、每一个腾跳，足以影响学校的得分。

他们还必须是会唱歌的小黄鹂，虽然在十万人潮中没有扩音器，根本听不见她们的美妙歌声，但我目睹每一位舞者无不引吭高歌，铿锵有力。

>> 步行方阵8 000人

每家桑巴舞学校上场参赛的演员为4 000—8 000人，被分成32个步行方阵，每个方阵最少有100人，最多有250人。每个步行方阵有特定的服饰及故事的一个环节。

方阵两边有很多管家（Stewards），他们穿着工作人员的T恤，紧张兮兮地催促一个方阵上，指挥一个方阵停下。因为8 000人还有花车要用80分钟走完700米的桑巴大道，要保证步伐准确、环环紧扣、准时无误，早到迟到（以最后一个人经过臀部拱门为准），都是致命的扣分原因。

第一个步行方阵叫MC，代表今年故事的开场白，是计分的一个环节。

例如Santo Remedio学校今年的主题是“医病灵丹是桑巴舞”。开场MC方阵就推出很多病床，上面的病人吊盐水、打针，个个奄奄一息。桑巴主题曲一起，病人就不药自愈，闻歌起舞，在病床上跳出高难度的舞蹈！之后的方阵依次是草药的发明、中药的传入、手术的进步等！

另一家学校的旋转婆婆，一边旋转如风，一边高声歌唱

将医院病床变成舞蹈平台

旋转婆婆面带骄傲，全靠祖先非洲黑人，才有今天的巴西嘉年华

旋转婆婆（Baianas）出场了！黑人老婆婆们，穿上Bahia传统非洲伞裙，一边走，一边旋转。这个意义特殊的方阵，比赛规定每家学校最少有80人。不论今年什么主题，都必须要有旋转婆婆方阵，因为她们代表了桑巴舞的根——非洲的根。她们都是年过半百的黑人老婆婆，最年长一位达90岁！她们曾将青春年华贡献给了同一家桑巴舞学校。

>> 神奇花车

每四个方阵后，就有一辆巨型花车。32个方队之间共设有 8 辆巨大花车，花车的设计、主题、装潢、机关都是计分的一个环节。所以，每一辆花车都美轮美奂，数层楼高，每层都有舞者。高度限制为10米，因为大道中央有电视台摄像机的悬空平台天桥，很多花车都做到9.9米高，经过摄像机平台时，险象环生，几可触及。听巴西朋友讲，也曾经有花车太高了，“卡”在了天桥下面，当场失分。有关花车的夸张程度，可以参考国家地理频道的纪录片，拍摄者曾经跟随一辆花车，由学校开到桑巴馆，沿途惊险万分。

花车的中心，往往有明星和歌手站台

以古埃及为主题的花车，高度已经到了顶点

很多学校都会重金礼聘流行歌星和艺人为自己的花车站台

全世界赚钱最多的超模、红得发紫的吉赛尔·邦辰为嘉年华站台

颤颤巍巍的花车，前方多为巨型雕像，目测有七八米高的天使、动物、人像。今年还出现了中国福禄寿的巨型雕塑，代表中药的发明！大部分花车机关重重，又有喷泉，还会开合！花车最少三层。每一层都站满了各种造型的演员。最下层有数十名群众演员，中层是十多名和声，最顶层站立的多为歌星名人，或孔雀开屏的桑巴皇后。

今年花车上的艺人明星包括：名模界有全世界赚钱最多的超模、红得发紫的吉赛尔·邦辰（Gisele Bundchen），她早已蜚声国际，早前香港中环LV店开业，曾邀请她来港。电影界有女星萨布里娜·萨托（Sabrina Sato），这个混血美女的祖父是日本人，还有瑞士和黎巴嫩血统。体育界有网球明星古斯塔沃·库尔滕（Gustavo Kuerten），曾排名世界第一。

音乐界有巴西天王罗伯托·卡洛斯（Roberto Carlos），他被誉为“King of Latin Music”（拉丁音乐之王），2010年的圣诞沙滩演唱会突破100万人规模！2011年的嘉年华冠军，就是其演出主题向罗伯托·卡洛斯致敬的Bejia Flor学校！虽然冒险，但罗伯托天王一出，令所有人折服，顺利夺冠！

这些天王巨星今晚和贫民窟穷人一起同台演出，因为桑巴不分贵贱等级，参加桑巴巡游为巴西国民一生的光荣。

为了安全，花车上禁止燃放烟花。于是花车一边行进，一边向空中撒纸条、纸屑。

>> 乐鼓震天唱破喉

名为Bateria的鼓手步行方阵乐队往往压轴出场，这是另一个计分的重要方阵，由300人左右的打击乐器演奏者组成，主要是打鼓。如古时行军，以鼓声强壮气势，鼓手决定全队近万人的士气及步伐，十分重要。鼓也分手鼓、大鼓等，咚咚咚，整齐的节拍响彻云霄。近年有很多学校加入了新潮流行音乐元素，如美式Funk音乐。他们中央，有一位主音歌手，以及大量和声歌手，现场唱出当年学校的主题曲。

乐队是全校8 000名舞者的心跳，而乐队前方，有一位穿着不同

同一首歌，由桑巴皇后到群众演员唱不停

鼓舞士气，鼓声震天

的鼓者皇后（Queen of the Drummers），就是心脏了。她的作用是鼓舞士气，带领后面的数百鼓者奏出激动人心的节奏，以带动全校8 000名舞者的情绪。

8 000人更是一个巨大的合唱团。因为每间学校的主题歌曲也要计分，80分钟就由压阵的乐队花车不停地现场演唱。全体团员由花车顶楼的明星桑巴皇后，到步行方阵的群众演员，鲸、恐龙、汽车、变形金刚、草莓、老虎、僵尸均在歌唱，而且不间断地整齐唱足80分钟。每首热力澎湃的桑巴主题曲，在嘉年华之前半年，就在电台电视上热播，所以，现场八万人，除了游客，几乎个个都声嘶力竭，齐声高唱。

我听了一个多小时同一旋律，拿着场刊歌词，已可以跟着一起唱。身旁的女粉丝见状，兴奋地当我是自己人，赶紧递给我一包纸，包着她自己在家中剪的彩色碎纸，唱到兴奋时，就一起向步行方阵演员抛过去打气！自制纸炮，天女散花，好玩！

大道上万紫千红，台下也争奇斗艳，等了一年的观众悉心打扮，全情投入。没有一个人坐在座位上，全场八万人整晚都在跳啊、唱啊、叫啊、吹口哨。背熟了各队歌词，穿上粉丝团制服，由头唱到尾，跳到尾。旁边包厢里热情的巴西女孩知道我远道而来，邀我共舞，还送我一个香吻！

第一晚，我不明就里，看完一个多小时的表演，看见垃圾工人载歌载舞出来清扫大道上的纸屑，以为是当晚比赛结束，准备起身走人！当我知道这场媲美香港新年的大型花车巡游，只是12队中的一队而已时，只有叫一句：“Oh，My God！”（我的上帝！）因出场顺序抽签决定，所以，打头阵的不一定最精彩。直到凌晨5点，天已微亮，第六队才表演完！晚上还有另外六队！原来，光是看嘉年华也需要强劲的体力呢！

第一晚的表演，晚上9点开始，最精彩的第三队的“航海大发现”，以及凌晨2点出场的2012年冠军Unidos Da Tijuca，主题是向好莱坞电影致敬，印象深刻。

>> 陆上行舟

Portela学校今年的主题是“航海大发现”，正中我下怀。16世纪葡萄牙帆船化为陆上行舟，讴歌着高举十字架、横渡大西洋、发现美洲的葡萄牙航海家。船上黑、黄、白、棕各色人种载歌载舞，歌颂伟大的地理大发现，重写了巴西的历史，由原始部落社会一下子进化到发达的资本主义工业化社会，更创造出如此赏心悦目的巴西文明。

另一辆花车有四只不同颜色——黑、黄、白、棕——的巨型手掌，代表巴西人来自地球四大洲。手掌上站了四位桑巴女郎，并不是我想象的四种肤色的女郎，而是打乱肤色，这才是民族大融合的真意。

专业合唱团负责唱足一间学校80分钟的主题曲

不擅节拍的我，
也在巴西美女的诱惑下摇动

那浩瀚无边的大西洋呢？要劳烦一众旋转婆婆了！

现代社会的第一章——由葡萄牙港口Balem出发，向美洲航进

民族大融合，流在南美人的七彩血液中

嘉年华本身就是欧洲的天主教节日，碰上了非洲的桑巴舞，点缀以南美洲土著印第安人的七彩羽毛，产生出这小小地球上叫人类的一种生物，能要出的最美丽闪烁、七彩斑斓的表演，誓要叫开屏孔雀也自愧不如，极乐鸟也被吸引过来。

想起我在中学时曾被灌输的美洲历史：“万恶的白人殖民主义者，从16世纪开始，压迫美洲的印第安人五个世纪，奸淫掳掠、黑奴贩运更令种族矛盾水深火热，阶级仇恨不共戴天。”但亲身体验各色巴西人对这段历史的骄傲和自豪，大规模的各族混血通婚，由血统肤色到民间社会的融合、各色人种的真心笑脸，来自遥远的井底的教科书无疑是散播仇恨的种子，只会教坏自己的下一代。真的是读万卷书不如行万里路！

>> 巴西梦工场

常胜冠军就是不同！到了凌晨2点钟，对面山顶的观众席忽然亮出整齐的白色T恤、标语、校旗，齐唱同一首桑巴歌，声音震天，气势夺人。原来前一年取得冠军的桑巴舞学校Unidos Da Tijuca要出场了！

今年学校的主题是向好莱坞电影致敬。第一个花车是海盗船，海

《最后的武士》旗海飘扬，细看上面的日文乱写一通

谜团揭开之前的潘多拉星球巨龙

《加勒比海盗》有激昂的歌剧式表演

令全场欢呼的一刻:《变形金刚》下面的一堆汽车，现场站起来，一秒变身

盗们身穿白色骷髅衣服，忽地增高三倍，变成一队巨型骷髅！《加勒比海盗》！下一个方阵来了200名威风凛凛的日本武士，是《最后的武士》！后面是《变形金刚》和一百个机器人雄赳赳走出来；花车上的十多辆跑车，到了面前，忽然站起来，原来是人！马上又蹲下变回跑车，令观众如痴如醉。数百个白兵出场，自然到了《星球大战》。

来自潘多拉星球的巨龙，一对飞翼不停扇动。火龙长长的触角，细致的龙鳞每一片慢慢升起，均可打开。原来不是机械，每一片龙鳞都是一个蓝皮肤美女的背脊，十分整齐，打开收合，齐声高歌。一条触角由15个美女组成，整个火龙有十多条触角，单是这一台花车，已有200人，但齐头并进，如同一人，比原版3D电影更立体！

下一辆花车，黑乎乎的一大片黑毛，齐声打开，原来是上百只黑猩猩，齐声高唱，然后车上的大树之间飞出多个“泰山”，在半空中荡秋千！

更大的步行方阵是恐龙方阵！大堆恐龙张牙舞爪，原来是《侏罗纪公园》。

令我张口结舌的是，有一个花车上，巨大方桌前坐了数十人，方桌突然竖立，180度旋转，但桌前坐的人却不滑下！忽然，印第安纳·琼斯被花车三楼上滚滚而下的巨石追赶……

小朋友最开心，因为《侏罗纪公园》

“加勒比海盗”在花车上表演单杆360度大回转，很有莫斯科杂技团的功架呢！

友好的白兵！

>> 十大评分标准

桑巴嘉年华是认真专业的桑巴舞比赛，如同世界杯，有严格的赛制。每年有12家桑巴舞学校入围，分别于连续两日的比赛中争取排名。12支队伍10万多名参赛舞者为了这一晚的表演，已经准备了一整年，从缝制闪亮发光的舞衣，到选曲、花车造型、编舞，无一不是经过仔细设计。50名看台上的评审，将以十项评分标准定夺荣辱生死。

第一个标准是音乐节奏感。全校8 000人的80分钟表演，必须统一节奏地唱歌跳舞。有四个评审负责打这部分分数。

第二个标准是桑巴舞主题歌，每家学校都有自己当年的主题歌。曲目、歌词都必须吻合巡游主题。

第三个标准是和谐。歌、舞、视觉效果、舞者感情表现，需要配合得天衣无缝。

第四个标准是主题。因为主题将服饰、花车、歌舞全部串联起来。每一年嘉年华结束，各桑巴舞学校就会计划下一年巡游的主题，高度保密。主题五花八门，例如今年第一个出场的Nossa Origem学校，就以“我们的根”为主题，不是讲爱国主义，而是以32个造型的步行方阵来表现达尔文的进化论。Santo Remedio学校的主题是“医病灵丹是桑巴舞”。Planeta Azul学校的主题是航海大发现。去年的冠军Unidos Da Tijuca学校，今年的主题是向好莱坞经典电影致敬。

另一个评分标准是创新。曾经有桑巴学校以挑战性感极限为创新点子，前年的造型为两点尽露、挑战全裸的桑巴女郎，令性开放的巴西社会都响起讨伐声音，所以性感已经不是创新点子。也有桑巴学校训练八岁女童为桑巴女郎，曾被保护儿童团体告上法庭，但

旗手不但要漂亮、性感、能跳舞，还要能唱歌！她是Sao Clemente队伍中的第二位旗手

鼓手的服饰，别出心裁

社会普遍接受“桑巴舞是任何人的舞蹈”。最终，女童成为著名的桑巴女郎，并在桑巴大道扭出了明天。今年最具创新性的队伍，我个人较看好去年的冠军Unidos Da Tijuca学校，由主题到服饰到机关到音乐，令我赞叹，惊喜连连。

另一个评分标准是时间的掌握。每一家学校必须准时在80分钟内完成全体巡游步行方阵及花车。由大道起点放烟花开始计时，最后一个表演人员或花车必须不早不晚，在80分钟时经过大道的尽头——那个女性臀部向天造型的拱门，迟到早退都要扣分。所以每家学校派出一百多人的管家做“行进速度控制队”，在大道两侧，用手势指控每个步行方阵及花车几秒停，几秒起行，以免有太兴奋的步行方阵、花车或个别舞者忘情桑巴舞时忘了时间，走快了或落后。

“和谐性”是最困难的一部分。要8 000人和多部花车同一脉搏，如同一个人表演，无疑是对所有参加嘉年华的专业、业余人员的最大考验。和香港红馆演唱会的舞蹈演员、歌星不同，大部分参加比赛的人员都没有报酬。绝大部分现场表演人员排练经年，都是义工。这也是令我最叹为观止的地方。

群众演员也毫不马虎！希腊神话的半人半马战士，我只感觉他们好热！

大巡游两天后，在圣灰日的3点整，全国直播比赛结果。由50位评审选出，并公开每一队每一项的评审给分。今年2月由于有三家桑巴学校的仓库被焚，他们日夜赶工，重新缝制了大部分服饰，重造花车，但将不给予评分，以免被不公平地降级。

>> 10万巨星

所有步行方阵的表演者都是义工。香港家长通宵排队为子女上名校报名，巴西人则十分热衷于参加自己小区的桑巴舞学校。年初排队面试，成功入选后，自行购买服饰，每个星期要到社区桑巴舞会堂准时报到彩排，如果缺席会被踢出学校！真是十分严格的义工制！我留意到方阵中大部分是长者。导游说，由于很多巴西人年轻时为两餐奔波，退休后就一心想“飞越桑巴舞馆”，不但投入时间，还要投入金钱。巴西人认为，一生中在桑巴大道上走一次，才不枉今生。

也有部分学校留有少量名额，供游客在半年前报名参加，参加者必须参加培训，学会学校主题曲和舞蹈。我问当地人，如果我不会葡萄牙语，怎么唱？原来，为免拖累学校失分，这些“业余杂牌军”被老师培训后，被安排在步行方阵最不起眼的中间偏尾部。

整晚数万步行方阵的群众演员中，男女老幼都有，长者居多，小孩子也有不少。今晚，桑巴大道是他们的舞台，人生中最光辉耀眼的一瞬间。所以，嘉年华不只是青春性感的桑巴女郎的专利，这是全民最大的庆典，更是一场社会活动。桑巴音乐一起，什么社会问题都消失了！至少，在今晚。

笑靥，十万个笑靥，如盛放中的玫瑰花园，无一遗漏。老的、嫩的、肥的、瘦的，笑逐颜开、巧笑倩兮、满面春风、莞尔一笑、

坐在贵宾席的好处，就是和美女眼神接触

小女孩功架十足，又唱又扭，毫不吃力

白发老婆婆，声如洪钟，动作敏捷

今年的中国风：多谢中药的发明对人类的贡献，造型灵感似乎来自《僵尸先生》！

前方的Sorriso已经成为明星，但每年仍然会来嘉年华做清洁工人

回眸一笑百媚生，甜得令我醉了！任何一个配角、推车工人、站台歌星、小丑、垃圾工人，无不笑靥盛放。同时，还整齐地大声唱着主题曲，怎会不令人动容！无一板着脸，无不笑逐颜开，尽情高歌，更和观众有互动。由于我坐第一排，不少舞者看到我的镜头，都主

动望过来，嫣然一笑。这种笑，是发自内心的诚恳，不是金钱可以购买的“专业笑容”。

总括来说，是因为民族性。巴西虽说是移民国家，但植根于拉丁民族，血液中流淌着乐观，天性享乐，辅以黑人细胞中的强劲节奏感、表演欲，所以，即使要8 000名义工免费彩排全年，每间学校也人满为患。其他“向钱看”的急功近利的国家民族，不可能抄袭这种全民嘉年华。

植根于拉丁民族的巴西人，享受至上，崇尚玩乐，这和汉族的传统思维及价值观不同。中国人说“玩物丧志”，而巴西人“玩得认真”，由年头到年尾，学生准备的不是会考，爸爸不是打拼事业、不是削尖脑袋往上爬，富人不是挖空心思赚钱，而是一个字——玩！玩得开心，玩得认真，玩出人生目标，玩出全民乐融融，玩出社会和谐，这就是巴西。在嘉年华的时候，我完全体会到了地球对面另一种价值观。

垃圾工人变名人？这位名叫Sorriso（意即微笑）的中年垃圾工人，15年前就在嘉年华工作，每家桑巴舞学校都放纸炮，留下很多垃圾，他要负责跟在巡游队伍后面清扫。他不低头，更不埋怨，反

即使牙齿不够洁白，
也不会吝啬笑容

用眼神诚恳地说，“巴西欢迎你”

而一边扫地，一边跳桑巴舞，昂首阔步，高声歌唱。慢慢地他有了粉丝，手持扫把跳桑巴舞成了他的商标。每年嘉年华后，他就在酒吧表演扫把舞！乐观善舞，代表了巴西人！

说真的，我欣赏，更喜欢上了这个民族。

>> 污泥中的钻石——桑巴舞学校探秘

里约嘉年华，是纸醉金迷、穷奢极侈、金玉满堂的代名词。

但是，繁华背后，所有的华丽舞娘均来自一个又一个极端拮据寒酸的贫民窟。令世人目不暇接的各个桑巴舞学校，更是一个个贫民窟的名字。每年比赛时，不只是有天王天后、明星名模、体育健将、总统，绝大部分的表演者，是来自社会另外一端的万千贫民窟

漫山遍野杂乱无章的非法建筑，就是里约最大的贫民窟

纸醉金迷的后面是出身寒微

心急的女孩蹲下找属于自己的服饰

服饰复杂，往往要问负责人才会穿着

今年学校的主题是“玻璃”

的贫家女孩、失业多年的社会底层、三餐不继的黑人家庭，全年虔诚无比地奉献。这个残酷的事实，很梦幻，很没有真实感。

出发前，我告诉导演，最佳的深度嘉年华故事，除了宏观地报道光彩夺目的桑巴馆巡游，还应微观地深入访问一位来自贫民窟的“灰姑娘”桑巴女郎。查询后，甲组学校一切造型高度保密，比赛前不接受任何媒体采访。经过导演和当地导游一番周旋，最后终于安排了一家乙组学校进行赛前访问，并要支付高昂的拍摄费。

Rocinha是全巴西，也是南美洲最大的贫民窟，住着20万由北方农村来里约寻梦打工的穷人。这里没有水电及排污设施，没有门牌号码，也没有邮差会到此送信，警察根本不会踏足这个地区，毒贩才是管辖这里秩序的人。甚至在地图上找不到街道名跟门牌号码，有的只是一块块不同色块标注着贫民窟的名称。电影《上帝之城》（*God's Town*）中描写的狭小巷弄中的枪林弹雨，更令这里臭名昭著。

下着小雨的黄昏，我踏着泥泞和纸屑，跨过满地的垃圾堆、塑料袋和狗屎，还要躲避活跃的大小老鼠，迎风吹来的是阵阵强烈的尿味，安静昏暗的贫民窟小巷如同迷宫。在导游指引下，来到一处灯火通明、人声鼎沸的礼堂。

窗明几净的礼堂虽然说不上豪华，但相比室外的环境，已经恍如另一个世界。大卡车一车一车地将服饰运来，每套都用一个大黑塑料袋装着，以免混乱。放在礼堂地上，打开塑料袋，是闪闪发亮的帽饰、七彩羽毛的巨大背饰、绣花精致的夸张戏服。叽叽喳喳的众多女孩子由贫民窟跑过来，她们短裤拖鞋，披头散发，素颜上阵。

虽然电视台已经付了拍摄费用给这家学校，但我们仍被负责人叮嘱："只能旁观，不能打扰女孩们的表演情绪。"一个一个"灰姑

贝拉的儿子失业了，也兴致勃勃地来帮妈妈拍照留念

你看得出这是一位经济上捉襟见肘的离了婚的妇人吗?

贝拉兴致勃勃地教我唱她们的主题曲

娘”神色紧张地找自己的队友，然后就地互相化妆。一边大声呼叫着找自己的巡游步行方阵负责人，问她们的服饰到了没有。今晚她们必须要倾全年的舞技、歌声、笑颜、功力，只为了桑巴大道上的80分钟表演，比我们的高考、会考更要紧，因为这不单是个人的荣耀，她们的表现更牵动着整个Rocinha贫民窟20万居民的情绪。

全年就是为了这一天。小区的荣耀也在这一天。因为Rochiha今年仍然是乙组，所以参加大巡游前一晚的乙组比赛，胜出的话，明年可以进入大巡游（甲组比赛）。晚上的比赛，他们半夜3点出场，因为人数众多，前一天上午11点就在小区会堂集合了。

这种源于20世纪非洲黑人的舞蹈，今晚将令3 200位贫民重建自信、再展笑颜！表演有32个步行方阵，每个方阵约有100个人，每个方阵各有制服，例如罗马战士、天主教士，但服饰上全都有闪闪的玻璃片！因为今年学校的主题正是“玻璃”！

我在这里祝Rocinha贫民窟马到功成，打入甲组

贝拉（Bela）是一位住在贫民窟的单亲家庭主妇，她儿子才被快递公司炒了鱿鱼，家中账单堆积如山，吃饭都成问题。但今晚，她已做了面膜、化好妆、穿金戴银，化身高雅大方的皇太后，要出巡桑巴舞馆啦！“哈哈，别提那些不开心的事情了！只要一跳起桑巴，统统都丢到大西洋啦！我最紧张的不是污泥中的贫穷不公、生活拮据，而是在今晚的比赛中夺冠出线，那将是我们这里20万人无上的荣耀。”

她虽然很紧张地背诵今晚的表演舞步，但也不忘教我这个对桑巴舞一窍不通的门外汉怎样扭腰转臀呢！她借了一套朋友的卫队服饰给我试穿，然后教我，一边顶着比一个大西瓜还重的头饰，踏着桑巴的复杂性感舞步，一边要唱葡萄牙语的主题曲，最后还要全程保持微笑。我投降了！

临走时，贝拉拥抱了我，并送上热汗淋漓的亲吻。从她的头饰玻璃镜倒影，我看到一只大老鼠从后面垃圾堆上从容经过。“你已经赢了，贝拉！”

今晚，里约热内卢在疯狂地燃烧。贫民窟每一个穷困潦倒、捉襟见肘的主妇、阿叔、小妹、弟弟，都披上了最耀眼的华衣，头上闪烁着自信的光环。在桑巴大道上，他们化为欢乐的海洋、蝴蝶的公主、孔雀的天使、蜂鸟的召唤者、音乐的灵魂。他们每一位都是光芒万丈的巨星、万人景仰的君主。

中国嘉年华?

2010年3月，根据巴西纺织品进口商协会会长施密特说，当年嘉年华多达八成的衣饰均由中国制造。这和15年前完全不同，那时全部都是巴西制造。但近年巴西雷亚尔升值迅速，中国货完全攻占了巴西嘉年华过亿美元的衣饰市场。什么时候，中国工厂里那些不眠不休、埋头苦干的打工妹，可以像里约的桑巴女郎一样，骄傲地挺胸狂欢呢?

04

BRAZIL

嘉年华以外的里约

里约热内卢南临大西洋，东靠瓜纳巴拉湾，背后是起伏的花岗岩山，城市就盘踞在中间狭长的平地上，依山傍水，地理位置得天独厚，故名“奇妙之城”（Cidale Maravihosa）。没有嘉年华的日子，里约是怎样的呢？

>> 半个世纪的华人巴西热

作为金砖四国之一，巴西现在是讲葡萄牙语国家中最热门的移民天堂。其实一个世纪以来，巴西一直很热闹，日本明治时期吸引了过百万的日本移民，20世纪50年代中国台湾更出现了“巴西热”。

巴西坐拥世界六成半的彩色宝石。这天我和摄制组去采访巴西最大、世界第三大的珠宝商H.Stern。它1949年成立，其宝石博物馆免费向游人开放。华裔经理黎先生来欢迎我们。他介绍巴西的彩色宝石有上千种颜色，公司老板斯特恩（Stern）就将自己珍藏的1 007种彩色宝石豪华地陈列在一个长玻璃柜中，令人眼花缭乱。

黎先生一口台湾口音，他在20世纪50年代“巴西热”时，13岁随父母从中国台湾来巴西。当时台湾人认为巴西地广人稀，发展机会比台湾多，纷纷申请巴西移民签证，再坐40天海船，才到新世界。他父亲在里约郊外经营一家小农场，他就到学校上课，学习葡萄牙文。我问他有没有感觉歧视压力？他说完全没有，巴西本来就是移民国家，一半人口是混血儿，怎么会歧视华人。只是拉丁民族的性格天生散漫，让好打拼的华人要学习放慢脚步。

六十多岁的黎先生是“巴西热”早期的移民，在亚马孙森林工

黎先生向我讲述20世纪的"巴西热"

不买，光是欣赏一下这些闪闪发亮的宝石也不错

作的导游陈小姐则是晚期移民。她1978年离开台湾，她说当年台湾经济不景气，巴西是台湾人心目中的金矿。她和父母先到玻利维亚住下，申请巴西签证用了一年时间，移居到亚马孙后，一住就是30年。她在这边安了家，老公也是台湾人，她已当生活闲适、人民友善的巴西是终老之地，唯一的遗憾是由于亚马孙没有华文学校，在这里出生的儿女都只会讲葡萄牙语。50年代到70年代是台湾人移民巴西的高潮，台湾经济起飞后，近年被大陆移民取代。非法移民的人由秘鲁入境，和巴西女孩结婚后，就可以拿到税单，在巴西工作生活。合法移民的人多是生意人，在这边投资开厂后住了下来。

Pastel（华侨称之为角仔）是巴西典型的快餐。由面粉包住不同肉类油炸，两元巴西雷亚尔就吃得饱。但味道真的不敢恭维，就是十分普通的大众食品。街头巷尾都一定有两间Pastel cafe（角仔店），就像我们的茶餐厅。里约的角仔店大多由华人经营，我访问了这家店的店主陈先生。他一家人90年代由佛山移民，短短22年就在里约开了20间角仔店！店铺小，人气足，陈先生由早忙到晚，连春节也没有回佛山。

这次巴西之旅，遇到三代华人移民，半个世纪以来，伴随着葡萄

戴太阳眼镜的陈小姐，是70年代的台湾移民

角仔的味道嘛，真的很一般

牙人、意大利人、日本人等源源不断地由祖居地移民到这个地广人稀的福地，扎下根来。现在圣保罗有18万华侨，是南美最大的华人区，大部分人来自台湾或为其后裔。里约有6 000名华侨。

饮食巴西

巴西国菜：Feijoada（黑豆猪肉杂烩煲）

巴西这种移民国家，连国菜也是由三个国家“混血”而成。国菜Feijoada由葡萄牙菜、非洲菜和印第安菜结合而成，Feijoa指黑豆，平时巴西人会将黑豆和白米蒸成黑豆饭。16世纪，黑奴们将主人丢弃不要的猪耳、猪脚、内脏、边角料等，加入到黑豆饭中，用瓦煲烩制多时，香味四溢。主人闻到后偶尔尝了一口，大为赞赏，命名为Feijoada，风行全国。由于制作需时，饭店通常都要求客人预订。但这一家位于里约市的著名餐厅Amineira Restaurant，每天都有Feijoada供应。餐厅门口有一对擦鞋机，供客人在上面擦干净鞋再吃这道重要的国菜。

巴西国菜Feijoada的卖相不好，但味道很香浓

Feijoada在巴西人心目中有多重要？有巴西民歌专门讴歌这道菜："我偏爱的Feijoada，吃了如此美味的Feijoada，人生还能要求什么其他享受？"

"显然，只需要一张吊床，和一只让我抚摸的小猫咪。"

巴西国饮：Guarana（果拉娜）

只有巴西这种地大物博的国家，才会有自己的国饮——Guarana。

Guarana又名"巴西人参"，是生长在亚马孙流域的一种灌木，果子如同樱桃一般鲜红，成熟时果子裂开，冒出黑色的种子，像人的眼睛。印第安人发现含着Guarana的果子，整天精力充沛，不觉疲劳，认定是仙果。现代研究发现其含有咖啡因、单宁等40种营养素。

现在Guarana已经成为巴西的国民饮料——Guarana汽水的主要成分，品牌有Antarctica、Kuat等。汽水中通常还有另外一种巴西特产Acai，这也是生长于亚马孙雨林中的棕榈树上的莓果，貌似蓝莓，味似樱桃，但又带有朱古力的感觉，具有神奇的力量，又名"亚马孙伟哥"。

Guarana的真身，像人眼睛吗？

Guarana汽水是巴西国饮，Antarctica是当地最大的品牌

巴西国酒Cachaca

友善好客的里约伯伯请我喝酒

第一天由Royal Rio Palace酒店所在的科帕卡巴纳沙滩，前往最西边的Barra沙滩拍摄。天下着小雨，沙滩前有四位老人站在小卖部喝酒。因为沙滩没有什么人，他们很热情地请我喝名为Caipirinha的鸡尾酒，由40度的巴西国酒Cachaca甘蔗酒混合糖、柠檬及冰而成。巴西人都很悠闲，由上午11点开始喝酒。我问喝到几点？他们说直到下星期三的圣灰日！喝完Caipirinha，就喝“水”。里约人说的“水”指的就是啤酒，Skol是国产名牌啤酒。老人家约我下午去伊帕内玛沙滩的街头派对再喝！

巴西国酒Cachaca和古巴国酒Rum均由甘蔗提炼，不过制作过程略有不同，所以也有人称Cachaca是巴西Rum。

Marius海盗餐厅

晚餐在著名的Marius海盗餐厅。餐厅装修风格奇特无比。将整艘中世纪海盗船倒悬在天花板上！还挂有巨大的铁锚、船舵以及潜水舱！独眼海盗和铁钩船长就当了侍应，令人应接不暇。当晚有位巴西朋友请我们吃海鲜、烤肉等。

装扮鬼马的海盗餐厅侍应

几杯酒下肚，他开始讲巴西人不为人知的趣事。为了穿上那恍若无物的桑巴舞衣，巴西女人发明了“巴西式热蜡脱毛”，风行全球。为了跳桑巴时扭臀，巴西女人还会专门为臀部整容！我说臀部应该不叫整容吧，除非她把屁股当脸用！

巴西烤肉

巴西烤肉Churasco世界闻名。这家位于面包山对面的海边餐厅叫Porcao，前菜有沙拉、蔬果、甜品等自助，主菜是高大侍应手持大铁叉穿梭不停，叉上是厨房新鲜出炉的各种烤肉，另一位则手持长长尖刀，走到食客面前，问你要什么部位的烤肉。每人有一张卡，绿卡向上表示要这种肉，红卡向上表示不要。侍应将大铁叉竖在你的餐盘中，现场切下肉扒。才吃了两口多汁香嫩的猪扒，又有侍应送上烤牛、烤肠仔、烤羊、烤鸡等，绝对是挑战食量的大好良机。

新鲜出炉的肉扒，
是食肉者的天堂

信仰巴西

巴西足球

除了嘉年华，巴西人另一种阳刚信仰，一出生就决定了。由祖父到父亲到儿子，都支持同一足球队！作为足球王国，巴西没有缺席一次世界杯的决赛阶段比赛，并在1958年、1962年、1970年、1994年和2002年五次夺冠，夺冠次数排名世界第一。

10号球衣是该队的英雄——罗纳尔多

同行的陈百祥一直嚷着到巴西要找罗纳尔多较量一番球技，于是我们来到弗拉明戈队的总部。门口展示着历年所得奖杯。纪念品店内卖得最好的是10号球衣，因为他是该队的英雄——罗纳尔多的！足球是运动，更是文化。每当进行联赛或重大国内国际比赛时，巴西人常常举家前往观战，整个城市万人空巷，而赛场人山人海。巴西几乎人人都是球迷，巴西人称“不会足球、不懂足球的人是当不上巴西总统的，因为得不到高支持率”。

此行固然没有机会见到罗纳尔多，当时最大的足球场马拉坎纳正在闭馆装修，为2014年世界杯做准备。陈百祥唯有在街头巷尾的球场和当地小孩子来一场友谊赛，过一下瘾啦！

陈百祥代表中国香港明星队，出战巴西儿童队！

赤脚大仙表演拿手的桑巴球技

>> 那山上盛放的野花：里约贫民窟

Favela（贫民窟）在葡萄牙文里意指“野花”，“野”是指非法建筑，而且杂乱。不叫野草，或野种，而叫“野花”，当然是拉丁民族的浪漫了。

由山上望下去，一朵朵橘色的野花，开满了整个山坡，一直蔓延到里约最著名的伊帕内玛海滩。而就在海滩边突然“野花”不见了，取而代之的是一栋栋豪华的五星级酒店、公寓，高耸在贫民窟的边界，泾渭分明的不只是建筑，也是阶级。

巴西贫富悬殊，里约热内卢有900个贫民窟，约20%的人口居住于贫民窟。他们都是来自北部的农民，20世纪初北方闹干旱，不得不迁徙到南方刚开始工业化的大城市寻找工作机会。很多人做建筑工人时，在豪宅旁用纸箱和木板搭起简陋的栖身之所。巴西法律规定，凡占据一个地方超过五年就可以合法拥有，于是慢慢越来越

贫民窟在葡萄牙文里意指“野花”

由贫民窟望下来是里约的沙滩及豪宅区

我坐上敞篷吉普车，向Santa Marta贫民窟进发

出租车乘客怕我看不见她的小手，伸出大手板打招呼

多的人从北方农村移居至此，多年来任何人都可以迁到贫民窟，霸占一块地建屋，层层叠叠蔓延整个山坡，霸占了背山面海的半山风景区，反而富人都迁离半山，到沙滩区居住。

我坐上敞篷吉普车，向Santa Marta贫民窟进发，感觉像要上战场！吉普车呼啸而过里约的大街，凉风习习，沿途友善的里约人不停地和我打招呼，十分High！导游埃德森（Edson）来自贫民窟，给我更多的安全感。

贫民窟已由政府安装了路灯及门牌

Rocinha是巴西最大的贫民窟

贫民窟有小卖店等基础设施

村口弹痕累累，
可能是巴西唯一的一次战争的痕迹

进了贫民窟，身历其境，发现今非昔比了。巴西经济起飞，前任总统卢拉致力于在2014年世界杯、2016年奥运会前改善贫民窟环境，扭转“罪恶之城”的形象。政府向毒贩开战，2010年就击毙了37名毒贩。至今在村口的建筑物上，仍然留有弹痕累累。

政府“占领”一个又一个的贫民窟后，在村口修建警察局，宣示主权。然后登记每一间房屋，将编号写在门口，如同香港木屋区的牌照屋。供水供电，铺设宽带、卫星电视，和一般公屋完全没有分别！只是因为村里没有车行马路，邮差只会送信到山下的小区中心，由村长派发。但有了电子邮箱，寄信的人也不多了。

吉普车停在山顶，我们进村往下走。一位友善的老人卡洛斯（Carlos）坐在门口，同我打招呼。他在这里出生，40平方米的居所，全家人赤手兴建，住得很开心。因为邻里友善，小孩满街跑，不必像公寓居民那么疏离。小区自给自足，有邮局、银行、托儿所、学校、杂货店、快餐店、清洁队、教堂、网吧等。所以，他曾经有机会搬出贫民窟，但选择了留下。

贫民窟的小孩跑来跑去，妈妈们在聊天，邻居们分享同一条宽带网线，爸爸们一起踢足球。今天村长生日，请全村人吃免费流水席，又唱又跳。怪不得导游埃德森说将来他有钱后也不搬走。我发现唯一的问题是地上到处是粪便，因为流浪狗很多。相比我去过的孟买或马尼拉贫民窟，里约这里简直是穷人的天堂，人情味十足。环境更是半山海景，俯视整个里约，山水相连，鸟瞰山下的豪宅，夫复何求。

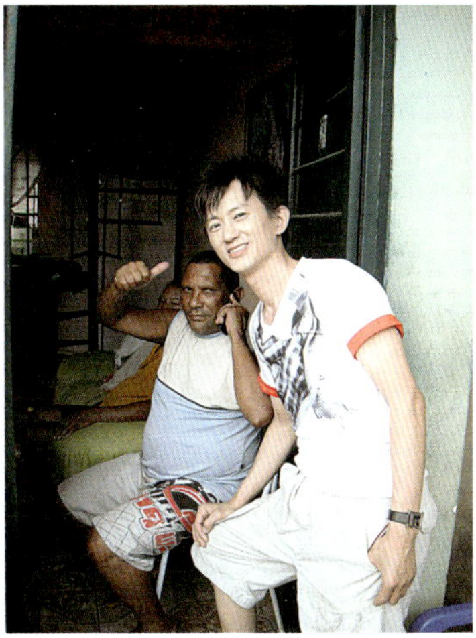

卡洛斯对贫民窟的环境赞不绝口

入口的房屋均刷上了鲜艳的色彩，因为这是居民们骄傲的住处

迈克尔·杰克逊曾来过这个贫民窟拍摄MV

贫民窟唯一比较危险的是其左搭右搭的室外电线

今天是村长生日，
请大家吃流水席

贫民窟的小孩满街跑，人际关系亲密

全村最漂亮的建筑物，一定是桑巴舞学校。巴西人可以不吃不喝，但一定要跳舞！桑巴舞，是巴西人的心灵鸡汤，没有阶级分别，似乎越穷越投入于桑巴，当今排名最高的桑巴舞学校，均出自贫民窟。

里约现有900个贫民窟，其中有60个仍被毒贩控制。政府宣布在2016年奥运会前，将会全部占领。参观贫民窟，为安全计，一定要跟团。Favela Tour（www.favelatour.com.br）、Fevela Architectour（www.fevelaarchitectour.com）等旅行社专营贫民窟游。

巴西纪念品

巴西拖鞋

巴西近年经济起飞，除了农产品、矿产品出口创汇，自创品牌也在国际上崭露头角。最著名的就是拖鞋名牌Havaianas。巴西气候炎热，拉丁民族不拘小节，上班逛街都穿着拖鞋。而这个Havaianas的色彩

大胆，设计花俏，价格也十分亲民，由19巴西雷亚尔起，是最佳的纪念品。在专卖店也可以叫职员为你加上自己名字的碎石字，70雷亚尔已经是最贵的款式。巴西最高级的Hotel das Cataratas，送给入住客人的拖鞋不是常见的酒店款，而是一双Havaianas！

>> 根在脚下：葡萄牙石的足迹

里约的沙滩旁，都有数米宽的人行道，铺有源于里斯本的葡萄牙风格黑白石子地砖，俗称“葡萄牙石”，体现了这个海洋民族不是马上得天下，而是航海得天下。由非洲安哥拉到南美洲巴西，亚洲由澳门到果阿，随着航海大发现，黑白的葡萄牙石也由里斯本出发，落足于世界各大洲，成为了葡萄牙海上王国永不磨灭的商标。

伊帕内玛沙滩的葡萄牙石图案是金钱形

我发现里约的每个主要沙滩，都用葡萄牙石铺出不同的特色图案。在伊帕内玛沙滩的人行道上，铺有金钱图案。在更长的科帕卡巴纳沙滩，则是波浪图案。两种图案由巴西画家设计，政府用了40年才铺完四公里长的人行道。于是这两个最著名的沙滩，将这种葡萄牙石图案制成该沙滩特色的纪念品，如毛巾及手袋。

作为金砖四国之一的巴西，人口、面积、经济各方面，比刚荣升欧盟金猪四国之一的葡萄牙富裕强大得多。今天主张将葡萄牙语列入联合国官方语言的国家，正是巴西。巴西留下的葡萄牙味道越来越淡。以后去里约旅游时，不妨看看你脚下的葡萄牙石，听听大海传来的百年故事。

05

BRAZIL

亚马孙，半巴西

亚马孙河流域面积达700万平方公里，占南美洲面积的40%，单单这一个热带森林，面积足足是大半个中国！由飞机窗口望下去，绿色海洋一望无垠，黄色大动脉如蟒蛇匍匐林海之中，那是所罗门河（Rio Solimoses）。直到入夜，万绿丛中闪烁起一点点红，那是亚马孙河流域的入口、中心、唯一的大城市——马瑙斯（Manaus），也是世界上少有的没有公路到达的大城市。这个200万人口的大城市，位于茂密的亚马孙森林中，被热带雨林重重包围。人烟稀少的亚马孙平原，就占了巴西国土面积的42%！

>> 缘来是个女人国

“亚马孙”原本是希腊神话传说中的女人国，位于今天的土耳其。根据习俗，男人不能进入亚马孙人的国境，为了传宗接代，亚马孙人每年都会到访高加索召开联姻盛会，在联姻盛会上生下来的

一顾倾人城，再顾倾人国。
亚马孙小姐，你是最好的

一泻万里的林海，巨蟒匍匐，那是所罗门河

女婴都会交由母亲抚养成人。但在联姻大会上诞生的男婴就没有那么幸运了，他们一生下来就会被杀死或送回父亲身边。亚马孙女人勇猛善战，精于骑射。

15世纪的葡萄牙人初次进入南美洲的这片森林，就碰到英勇好战的原住民女战士，飞跃林间。葡萄牙人惊呼，这里不就是希腊传说中女人国的亚马孙吗！因而它得名“亚马孙”。至今亚马孙雨林中仍生活着多个隐世原始部落，总人口为4 000—5 000人，他们还处在石器时代，可能是地球上仅存的原始人。根据《国家地理杂志》报道，到了2012年，在秘鲁边境的马努河（Rio Manu）新发现了一个原始部落，他们赤身裸体，看到快艇和飞机经过，会大声叫嚣，还用木头弓箭去射飞机。为保护手无寸铁、没有免疫力、对现代社会一无所知的原始人，巴西政府禁止游客进入雨林心脏猎奇，禁止和原始人有任何接触。

>> 世界最大的河

“90后”的年轻人首次接触“amazon”，可能是美国网上书店的名字。可知道，美国佬以这条外国河流命名自己的书店，而不叫密西西比河，就像李嘉诚不叫自己的公司作长江，而改名叫梭罗河一样惊世骇俗。原因只有一个，亚马孙是无可争辩的世界第一。

亚马孙河流域是世界流量、流域最大的，支流最多的，第二长的河流。流量比其他三条大河尼罗河、长江、密西西比河的总和还要大几倍，大约相当于七条长江的流量，占世界河流流量的20%。亚马孙河从秘鲁的安第斯山脉起源，80%都在巴西境内，全长6 937公里。

黑白豆腐花一般的两河相遇奇观

马瑙斯处于亚马孙流域中下游的一个半岛，位于两条支流黑河（Rio Negro）和所罗门河交界处。入住市内酒店Tropical Manaus一晚后，早上到了酒店后面的码头，沿着黑河，坐船深入亚马孙河流域，因为当晚要入住刺激的森林酒店。河面宽达三公里，像是海洋！船行数公里，就看到两河相遇的奇观Encontro da Aguas。黑河上游腐木杂质多，流速较慢。所罗门河为黄色，流速较快。黑黄相接，蔚为奇观，像黑白豆腐花一样，井水不犯河水。

两河最后汇合成亚马孙河，奔腾1 700公里后入海。亚马孙河流域有支流超过1.5万条。只有出海的这一条干流叫亚马孙河，其余河流都有原住民语言的名称。亚马孙河水量巨大，宽达12公里，距离河口150公里内的海水都不咸，海水含盐量相当低。

>> 深入雨林探险

沿着黑河逆流而上，两岸都是广阔无边、占据半个南美洲的亚马孙雨林，被称为“地球之肺”，因为亚马孙茂密的雨林吸收的二氧化碳占全球总排碳量的四分之一。

原为台湾移民的导游陈小姐，教我雨林和森林的不同之处。岸边的雨林是“半年河水路，半年森林地”。每年12月河水上涨，树木就会淹没在河水中，一直到五六月水位最高，树木有3米都泡在水中。7月份河水下降，才会露出树木，到了11月陆地才会全部露出。每年水位落差由旱季的8米到雨季的12米。我们去的时候是3月，正是雨季，水已开始淹了树木的一部分。

经过50公里的黑河，渡船由马瑙斯到达原始雨林深处的一个小岛，岛上有亚马孙最大的酒店Ariau Jungle Towers。酒店搭建在雨林之上的木栈桥。2010年的11月大旱灾，渡船搁浅在码头一公里外的河床，气温高达42℃，游客要步行在河床上，才能到达酒店。

吃完饭后，坐小船进入这个世界上最大的雨林，终年炎热潮湿。现在已经是雨季，岸边的树林一半都泡在水里。

森林酒店搭建在雨林之上的木栈桥

今年雨水充足，渡船才可以直抵酒店

沿岸有木屋，这个区约有500位居民，也有学校、餐厅等。我们到了一户印第安人家上岸，这家人示范了他们的主食——木薯饼的做法。木薯是一种南美洲原产的灌木块根，有点像马铃薯。他将木薯削皮，磨成木薯粉（Tapioca），再煎木薯饼，请我们吃。味道有些像玉米饼，这是印第安人的三餐主粮，饱肚而且便宜。去他家参观，高脚木屋中有电视机、冰箱、洗衣机等电器，似乎环境不错。我问他是否每家居民都这样？他说，做游客生意的家庭，会先富裕起来。

离开印第安人家，向雨林深处进发，树木参天，不见天日。原住民向我们示范如何在雨林中讨生活。他拉下棕榈树叶，将叶片逐片拉下来，就成为屋顶的材料了，既简单又环保。

亚马孙雨林的生物种类繁多，聚集了250万种昆虫，上万种植

换了小船，进入雨林深处探险

摄影镜头换了拍摄陈百祥，我才有时间拍照

木薯长得和马铃薯差不多

简单的雨林之家

岸上偶尔有原住民木屋人家

物和大约2 000种鸟类和哺乳动物，鸟类数量占全世界鸟类总数的五分之一。有专家估计每平方公里内大约有超过75 000种树木，15万种高等植物，有9万吨的植物生物量。但亚马孙丛林面临的一个问题是水土流失，以及人口增加，毁林种水稻种大豆，原始森林的面积以惊人的速度在减少。

巴西虽然没有天灾，但是受全球变暖影响，也难独善其身。亚马孙雨林在2005年经历百年首见的大旱灾，遭受重创，地面龟裂，河流干枯。2010年，亚马孙遇到更大的干旱，河流比平时平均水位低了2米，河床大量露出，土地龟裂，到了11月，黑河的渡船都开不动了，因为河水太浅。游客也进不了森林。对当地渔民影响更大，鱼类大量死亡。

由于2005年及2010年的高温旱灾，至今雨林中仍到处有因干旱倒下的大树，这些原本吸收二氧化碳的大自然氧吧，因树木枯死或腐坏而产生大量二氧化碳，热带雨林这个生态系统已经从2005年每年吸收5亿吨二氧化碳，到现在反过来，在2010年排放了10亿吨二氧化碳，超过美国一年的排碳量。亚马孙地区从吸收碳的海绵，摇身一变成为碳的来源。恶性循环造成全球变暖。所以，我们在万里之外过低碳生活，可以有助于改善这个恶性循环！

进入森林时阳光普照，但瞬间就下起了大雨。雨后天气凉爽了很多，坐在御风而行的小船上，看着日落时镜面一般平静的黑河，以及这个亿万年前已经为地球母亲制造氧气的雨林，我感慨，成也是人，败也是人。人类是地球上的众多生物中最智慧的生物，几

雨林中这些数百年树龄的大树，
提醒我们保护生态的重要性

原住民示范草屋顶的制作方法

雨林中地上到处仍有因干旱而倒下的大树

偷伐巴西红木，已经令这种国木在野外绝种

雨林天气瞬息万变，刚刚还是太阳高照，瞬间就下起了大雨

百万年由猿进化到文明社会，五百年前发现了新大陆的巴西红木，但到今天，这种巴西红木已被人砍伐至野外绝种。雨林的五分之一，已经被完全砍伐。“地球之肺”也被人类高度工业化带来的温室效应害到七痨八伤。如果人类再不珍惜自己的地球母亲，无异于自掘坟墓。

>> 河中珍鱼异兽

岸上资源丰富，水中更多宝贝。亚马孙流域有3 000多种鱼类，而且数字还在继续增加中。最著名的有亚马孙海豚，是世界上最大的淡水海豚，长约两米，有灰色和粉红色两种，对人类十分友善。原住民视粉红色海豚为亚马孙的河神，在河中圈养这种聪明的动物。我们访问了一家海豚养殖场，陈百祥跳进河中准备与之共舞。渔民先用竹竿拍打水面，呼唤海豚。果然黑色水面呈现出粉红色的光滑皮肤，来了数只海豚。主人不停喂食小鱼，陈百祥就趁机上下其手，说手感像小猪。

河中最危险的是食人鱼，它们成群生活，可能攻击人畜，据说一头牛失足跌落水中，数分钟就变成一堆骨头。原住民教我用牛肉作鱼饵，用竹竿敲打水面，一会就有食人鱼上钩！拉上来，大约手掌大，还看不见利牙。原住民拿一片树叶，它果然就死死咬住不放，像订书机一样，留下一排锋利的齿印。食人鱼汤是亚马孙名菜，是原住民的伟哥，又白又浓。

如果大家看过电影《狂蟒之灾》，一定记得那队在亚马孙森林拍摄的摄制组被巨蟒追捕的故事。原来，在亚马孙河流域的浅水中还真有水蟒蛇，是世界上最大的蛇，约六米至九米长，它们大部分时间在水中，只把鼻孔露出水面。原住民告诉我，他朋友的孩子在家中睡午

亚马孙河流域有世界上最大的蟒蛇，被拍成《狂蟒之灾》

蜂鸟是南美特产的神鸟

金刚鹦鹉，传闻可以活到100岁

觉，由于没有关门，他回家发现四岁的儿子不见了，在门外河边见到蟒蛇鼻孔，就徒手捉了蛇，打开腹部，果然儿子在其中，完整无缺，因为蟒蛇是吞噬，没有牙齿咬嚼。现在他儿子已经十岁了。

亚马孙还有世界上最小的鸟，2.5厘米的蜂鸟，色彩艳丽，好似蜜蜂一样，可以悬停在空中。这是南美洲特产，被印第安人视为神鸟。这个世界最大的热带雨林，有着全世界五分之一的鸟类。除了蜂鸟，还有珍贵的金刚鹦鹉！野生金刚鹦鹉正濒临绝种，这是鹦鹉科中体型最大的鹦鹉。Tropical酒店的动物园里有四只金刚鹦鹉。

>> 一场游戏一场梦：马瑙斯

一早就听说，在无边无际的亚马孙雨林中央有一个孤岛一样的城市，曾在20世纪极度繁荣，被称为“热带的巴黎”，那里有一座媲美巴黎歌剧院的亚马孙歌剧院，是雨林中最闪亮的明珠。我住在遥远的东方之珠，对那地方实在无法想象。

我们第二天离开亚马孙雨林，来到马瑙斯。这个没有公路通往外界的城市，位于万里林海中央，是亚马孙州的首府，现有人口200万，城市的由来本身就是一个传奇。

一个因橡胶而崛起、因橡胶而没落的故事。

由手机到汽车，我们的生活不可缺少橡胶。今天橡胶的种植地主要集中在东南亚地区，如泰国、马来西亚、印度尼西亚。但橡胶的发源地，却是在亚马孙雨林！原住民印第安人把这种流出乳白色汁液的树叫“眼泪树”，16世纪哥伦布曾将原住民的橡胶球带回西班牙。直到1888年，美国人发现橡胶是做轮胎的最佳材料，随着汽车的发明，橡胶一夜之间成为白色黄金，这种十分抢手的工业原料当时只产于亚马孙。

亚马孙的首府马瑙斯因此一夜暴富。全世界的商人都来到这个

不是西欧的宫殿，这是20世纪修建的马瑙斯医院

今天的马瑙斯，破旧之中见生机

新鲜木薯是现在亚马孙人平时的主食

小村子购买白色黄金，这里成为南美洲最繁华的大城市之一。城市迅速修建，暴发户们纸醉金迷，夜夜笙歌，用钞票点雪茄抽，喝水要从法国进口矿泉水，将衣服送到葡萄牙干洗再用船运回马瑙斯。

处在热带雨林之中，橡胶商人钱多得没地方用，于是跨越半个地球从欧洲运来意大利云石、英国地毯、葡萄牙地砖、俄国皮椅、法国家具，用花不完的金钱建成了“热带的巴黎”。至今，马瑙斯市内的医院、银行、赛马场，甚至菜市场都是法国新古典主义风格的漂亮欧式建筑，其中最豪奢的首属亚马孙歌剧院。

>> 热带雨林中的巴黎歌剧院

在南美洲新大陆，莽莽万里热带雨林之中，矗立着媲美巴黎歌剧院的亚马孙歌剧院，一砖一瓦、一灯一椅，全部是1896年时欧洲最好的材料，跨越了半个地球运来雨林。再用上15年来修建，建成宏伟的亚马孙歌剧院，在19世纪末，成了橡胶商人的销金窝。

我站在歌剧院广场，脚下是黑白波浪的葡萄牙石，中央是四大洲帆船柱，四面各有一个帆船铜塑。正面的帆船写着“欧洲”，右边是“亚洲”，左边是“非洲”，背后是“美洲”，代表巴西不是孤独的美洲，巴西完全是由这四个洲的移民组成的。没有民粹主义或所谓爱国教育，没有种族歧视，令我赞赏不已。

拉丁民族的确永恒不变。我眼前是100年前葡萄牙人在南美洲修建的亚马孙歌剧院，心中看到的是2 000年前罗马人在北非和小亚细亚修的巨型斗兽场。葡萄牙属于拉丁民族，其祖先是罗马人，他们除了会打仗，也以享乐主义闻名。在每一个征战的地方，第一件事就是修建享受感官刺激的斗兽场，再建供身体完全放松的浴场，远到英伦的Bath，现在也保存着罗马人的豪华浴场。这和眼前的亚马孙歌剧院有着一脉相承的拉丁血统。

然而南柯一梦。马瑙斯的短暂繁荣，完全建基于橡胶的专卖。英国人将橡胶种子带到了东南亚的马来西亚等地大量种植，比亚马孙的

一个世纪前由欧洲传过来的歌剧院

时钟停摆在1896年

如老华侨所言，巴西什么都有，就是没有种族歧视

漂洋过海来的葡萄牙石，和澳门议事厅前的地面一样

野生橡胶更具竞争力。到1913年，马来西亚橡胶的产量已多过原产地巴西，价格更跌了七成。马瑙斯就此衰落，歌剧院也熄灯落幕。

>> 大鱼传奇：金银龙鱼

似乎这条世界最大的河流，养出来的生物都是世界纪录。除了世界上最大的淡水海豚、蛇、鹦鹉以及世界上最小的鸟，世界最大的淡水河鱼也出在这里。金银龙鱼（学名为Scleropages），在巴西被称为Arowana，西班牙语“长舌”的意思，可以长到3米，300至500公斤重，已经存在了2.9亿年，是现今硕果仅存的少数古生物鱼类之一。金银龙鱼在香港也称“龙吐珠”，是昂贵的风水鱼，根据鱼鳞色彩分为“金龙鱼”、“银龙鱼”等。陈百祥家中就隆而重之养了一条金龙鱼，是由老朋友谭咏麟多年前赠送的珍贵礼品。他听说金龙鱼是巴西人日常餐桌上的食用鱼，已经食指大动。

马瑙斯唯一的粤菜馆“达兴隆酒家”在当地很出名。老板娘是来自香港的丽贝卡（Rebecca），她20年前和家人移民到马瑙斯，用粤菜的方法烹调亚马孙丰富的河鲜，声名大噪。连当时任国家副主

好一条即将下锅蒸的银龙鱼

“达兴隆酒家”老板娘，来自香港的丽贝卡

食人鱼，在水中食人，在陆地上被人食

席的习近平来到巴西，也指定她和她先生前往下榻的酒店，每天烹调十多款不同的亚马孙河鲜。我们这次试了最奇特的金银龙鱼。陈百祥进厨房，见到一条凛然不可侵犯的两英尺长的银龙鱼，躺在菜板上任人宰割，大叫："我家中那条金龙鱼，见到一定会落泪了！"清蒸银龙鱼上桌了，淡淡清香，鱼肉结实。再来姜葱爆龙肉，肉质软滑，如同嫩鸡。

老板娘说马瑙斯鱼市场还有更多奇异的亚马孙淡水鱼。饭后我们去了鱼市场，果然充满珍稀渔获，大开眼界。例如比人还长的金龙鱼，我见到这条，目测超过1.7米！最长的可达3米，比姚明还高！陈百祥说如果在香港当风水鱼出售，肯定超过100万元。但这里当食用鱼卖，只是20雷亚尔一公斤！小一点的银龙鱼也有手臂长，这个尺寸的风水鱼，在香港动辄数十万元一条，在马瑙斯比金龙鱼更便宜，10雷亚尔一大条，令人有冲动买两条回香港呢！但导游说香港进口金银龙鱼是有限制的！

银龙鱼更加便宜，10雷亚尔一大条

用粤菜独步天下的蒸鱼方法，实在好味道

亚马孙的伟哥——食人鱼，是平价鱼，10雷亚尔有20条。菜市场一边则全部是卖新鲜木薯的，这是亚马孙印第安人的主食，类似土豆及玉米的混合口感。

后记

1913年，橡胶梦破灭后的马瑙斯一蹶不振。过了半个世纪，为拯救“亚马孙心脏”，1967年巴西军政府批准建立马瑙斯自由区（类似中国80年代开始搞的经济特区）。当时巴西禁止外国商品进口，但唯一开放了马瑙斯可以免税进口大部分外国货（武器、汽车、酒、香烟除外）。经过半个世纪开放，马瑙斯重现辉煌，成为南美电子工业重镇，人口也由24万增至200万，成为巴西第八大城市。现在马瑙斯工业区吸引了诺基亚（Nokia）、萨基姆（Sagem）、西门子（Siemens）等手机制造厂，日产（Nissan）、本田（Honda）等汽车工厂，以及两家中资企业——华西木材公司、格力空调厂入驻。

酒精和车，不可两立。但在巴西，人喝的是甘蔗酒，车子加的是甘蔗酒精！因为巴西发明了酒精充当汽油！而日本车厂也为巴西市场特别设计了“酒精车”。巴西是全球主要的酒精生产国，酒精是石油价格的一半，酒精车曾经占到巴西汽车市场的九成，在巴西街头看见的大部分都是“酒气十足”的汽车。

在路上见到一个酒精加油站，我们特别下车拍照

再见马瑙斯

06

BRAZIL

水陆空反转伊瓜苏

伊瓜苏，当地土语意即“大水”，属于联合国认定的世界自然遗产。这个世界最大瀑布，是南美洲最壮观的自然景观，在南美洲吸引的外国游客数量仅次于秘鲁的马丘比丘（Machu Picchu）。

这是三国交汇之处的瀑布，原来并不属于巴西，也不属于阿根廷，而是属于今天一丁点瀑布都没有的巴拉圭！阿根廷、巴西、巴拉圭1864年为了争夺这个无价之宝大动干戈，弱小的巴拉圭输了，阿根廷和巴西就瓜分了大瀑布。阿根廷这边拥有瀑布之王——“魔鬼咽喉”瀑布和一系列的名瀑如“亚当和夏娃”“三剑客”“两姐妹”等。但和庐山一样，不识瀑布真面目，只缘身在大水中。想一观瀑布宽银幕全貌，就要去对面的巴西了！

所以，游伊瓜苏瀑布，应该两国都去，因为感受完全不同。我先过境在阿根廷伊瓜苏港市（Puertu Iguazu）住一晚，第二天去

伊瓜苏河上游，流经三个国家，前方为巴拉圭，左侧为阿根廷，右侧为巴西

晨光下的白练，激起水花如雾似烟

“魔鬼咽喉”近距离感受瀑布威力。下午返回巴西的伊瓜苏市（Foz-do Iguacu），乘坐橡皮艇冲破瀑布，全面湿身。在瀑布公园内唯一的酒店欣赏夕阳西下的飞瀑仙景。第三天趁瀑布公园未开大门，由酒店去瀑布晨练。早餐后再坐上直升机，俯视瀑布和外围三个国家。

>> 春光乍泄阿根廷

传说中，张国荣根本没有死，他一直住在“美丽空气”（布宜诺斯艾利斯的西班牙语意思）当年他拍《春光乍泄》的探戈酒吧Bar Sur。

阿根廷是性感痴男怨女的贴身探戈，陪伴着迪奥（Dior）加身的国母贝隆夫人荡气回肠地在唱“阿根廷，不要为我哭泣”。《贝隆夫人》(*Evita*)这部脍炙人口的歌舞音乐剧电影，令我从小就对阿根廷产生了近乎形而上学的罗曼蒂克印象。

阿根廷，西班牙语意即白银，18世纪是欧洲贵族心目中的天堂。欧洲曾经辉煌的王谢堂前燕，飞落在南美这块广阔原始大地。阿根廷的地铁有超过一百年的历史，和英国伦敦地铁同期。如果说澳大利亚是历史上英国囚犯的流放地，阿根廷则是欧洲贵族的新天地。布宜诺斯艾利斯曾被形容为“南美巴黎”，市内博卡区由意大利移民建成。法国、意大利移民的后裔，将阿根廷建成为南美的文化、时尚中心。阿根廷以农牧业出口为主，被称为“南美肉库、粮仓和酒窖”。阿根廷国土面积是南美洲第二大，曾经富甲南美，直到2002年国家破产。现在人均国民生产总值为8 498美元，比巴西低。我在智利、巴西、秘鲁等地听当地人提起布宜诺斯艾利斯，总是露出世

在阿根廷只住了一晚的喜来登酒店

人对巴黎般的一脸艳羡。

还有多年来都无法忘记的一部电影。

在王家卫的镜头下，伊瓜苏瀑布壮观而朦胧，暧昧而激荡。我当年看不懂，更不明白为什么要不远万里，去地球对面的阿根廷讲两个香港男人的爱情故事。这就是《春光乍泄》。我沿着何宝荣（张国荣饰）和黎耀辉（梁朝伟饰）的路，来到阿根廷的伊瓜苏瀑布。

离开马瑙斯，经由圣保罗转机，到达巴西伊瓜苏机场已经半夜，

天边乍泄光芒，林间流逝春色

阿根廷瀑布公园中的小火车

阿根廷瀑布公园中的栈道

一下机，就坐上车前往阿根廷的伊瓜苏市。20分钟就到达边境，香港特区护照不用签证，不必下车，由导游拿护照进入24小时的海关。早就听说阿根廷有“三漫（慢）”，西班牙人的浪漫、法国人的傲慢和拉丁民族的散漫，想不到也会为方便游客提供24小时的通关。

入住邻近瀑布公园的喜来登酒店（Sheraton Iguazú Resort & Spa），开了台灯，没有熟悉的伊瓜苏瀑布图案走马灯。那是何宝荣从地摊上买回的一盏旧台灯，牵动了他和同居男友的心，于是，毫无准备的两人上路，随心所欲地驾车前往找寻伊瓜苏大瀑布，展开了Happy Together之旅。

>> 瀑布之王——“魔鬼咽喉”瀑布

第二天一早来到阿根廷瀑布国家公园的门口，搭乘小火车，20分钟就到了栈道入口。沿着伊瓜苏河上的铁制九曲桥栈道，要走一公里。伊瓜苏河面宽广平稳，前面山谷却有一股不寻常的白烟迷漫。

脚下的河水潺潺，被远方传来的“隆、隆、隆”巨响取代。前面有多明戈（Domingo）和帕瓦罗蒂（Pavarotti）在户外轮流对唱那不勒斯名曲《我的太阳》（*O sole mio*），不需扩音器，天籁澎湃，气吞山河，预告快到瀑布中的瀑布，伊瓜苏227条瀑布之王——“魔鬼咽喉”瀑布。河面忽然开了一个大洞，亿万立方米的河水被瞬间盗走了，剩下了河面上白烟迷漫，和百万分贝的交响乐。

阳光灿烂，万里无云，前方忽地水雾弥漫，伸手不见五指。仔细一瞧，雾珠不是从天而降，而是由峡谷中的河面激起，乱石崩云，惊涛裂岸，卷起千堆雪。五丈以上尚是水，十丈以下全为烟。雾里忽隐忽现，神龙见首不见尾，一股滚滚洪流，飞流直下三千尺。河面激起的澎湃水雾，飞扬超过悬崖顶上的伊瓜苏河，再升到半空中，形成雨雾。黄色暴雨的雨量大到淹没了瀑布，根本看不见，只听见魔鬼喉咙中那“隆、隆、隆”的吼声！

太阳不见了，彩虹乍现，意境就像是《我的太阳》的MV！不禁要深呼吸，用那不勒斯方言的男高音讴歌这伟大无边的瀑布，是我心中另一个太阳：“O sole mio，sta’nfronte a te！ O sole，o sole mio，sta’nfronte a te！”这是我在瀑布见到的第一条彩虹，兴奋得大叫。导游不屑一顾：“哦，我们这里天天都看得见的！”

美国罗斯福总统的夫人曾来到“魔鬼咽喉”，留下她的名言：“我那可怜的尼亚加拉与这里相比，简直像厨房里的水龙头。”她将眼前这条“魔鬼咽喉”瀑布和祖国的尼亚加拉瀑布比较，而不是整个227条的伊瓜苏瀑布群，就已经大为折服，可见这个“魔鬼”真的不简单！

位于美加交界的尼亚加拉瀑布是世界第三大瀑布，第二位是非洲的维多利亚瀑布。面积最大、水流最大的，就是这个一眼望不到头的

河面开了一个大洞，卷起千堆雪

伊瓜苏瀑布。光是最大的一条“魔鬼咽喉”瀑布，就比整个尼亚加拉瀑布宽50%。整个伊瓜苏瀑布群宽4公里，落差60—90米，平均每秒钟流量1 750多立方米，雨季时流量每秒钟甚至可达1.27万立方米！

水量充沛的“魔鬼咽喉”，激起高达150米的水雾，即使站在瀑布对面的巴西境内，每天也都是像在下小雨一样。阿根廷这边，则有如置身倾盆大雨中。有备而来的我，用保鲜袋保护镜头，才得以在水雾中继续拍摄，但拍出来的相片统统是朦胧的。一片迷雾中，滚滚无尽的瀑布，一下子坠入80米的深渊，千军万马，轰鸣震天，回声惊心动魄，咆哮如雷，只闻其声，不见其底。不要说人，就是一架飞机掉下，也会立即无影无踪，故名“魔鬼咽喉”。

离开“魔鬼咽喉”，沿着Upper Trail（观瀑栈桥）而行，这条路平坦易走，总长650米，需时约半小时。经过数个瀑布，十分近，但没有“魔鬼咽喉”那么大的“雨量”。

“魔鬼咽喉”，在无底深潭咆哮

>> 与瀑同眠

巴西和阿根廷的瀑布国家公园早上8点开门，连绵不断的旅游大巴士，将世界各地的游客，密密麻麻填满了整条不到一米宽的瀑布步径。每个观景台上更是喧闹如同闹市。想和瀑布亲密地拍一张好相片，有什么办法呢?

住在国家公园内！不是风餐露宿，而是入住巴西瀑布国家公园里唯一的五星级酒店Hotel das Cataratas。这家酒店1958年开业，葡萄牙殖民风格，两层高建筑，坐落于国家公园内，为欣赏瀑布的不二之选，因为壮丽迷人的瀑布就是这家酒店的窗帘，隆隆水声，朝夕伴奏。

入住这里除了可以与瀑布共眠，最大的特权是，人山人海的游客来到之前，专享和瀑布相约的一对一亲密时间。

热情奔放的巴西人可能真的比自命贵族的阿根廷人有生意头脑。阿根廷那边只能在三条不同的栈道上欣赏瀑布，以及乘橡皮艇穿梭于急流中。但巴西这边，不仅可以远观瀑布，更可以上天、入水，和瀑布亲密接触到湿透全身，还可以与瀑共眠!

>> 独占飞瀑

早上6点，天未亮，瀑布公园未开，游客尚未涌入，我就由巴西瀑布公园内的唯一酒店Hotel das Cataratas，走去敲尚未苏醒的瀑布的门。数公里长的瀑布步径，只有我一个人，婉转曲回，上山下山，只为了河谷对面秀色可餐的奇幻仙境。

曙光初现，这不是世界最大的瀑布，不过是少女起床前的迷蒙，是春光半掩的仙境。

万里墨绿森林中，忽地结出一条丝巾，由天而降，轻如白纱，细如珠链，温软飘逸。那是何家的小溪，失足由天堂跌落人间。

比我还早到的晨练客，是懂得到垃圾桶找食物的长鼻浣熊（coati），又名南美小浣熊。它们并不怕人，倒是我不能走得太靠近它们，以防遇袭。

听到隆隆的水的交响乐，跟着吼叫声音，转过弯，眼前豁然开朗，到“魔鬼咽喉”对面的巴西瀑布了。

对面的阿根廷山顶上，刚破晓的蔚蓝天空中，静默流淌出一条无比宽阔的伊瓜苏河，流到了前方垂直九十度的笔立悬崖，前无去路，下面就是万丈深渊，后有追兵万千，于是奋不顾身，争先恐后，一跃而下，跳入70多米深的巴拉那峡谷，汇流成谷底另一条巴拉那河。

天边彩霞如血，瀑布皓白如雪

数不清的大珠小珠纷至沓来落玉盘

在很多国家，有一条落差这么大、水量充沛的瀑布，已经成为旅游热点。但上天对巴西和阿根廷的眷顾，将这里的瀑布数量，豪爽地乘以275倍！对，是275条瀑布！伊瓜苏河上游集纳了大小河流30条之多，到达两国边境时，4 000米宽的河面上，河水被断层处的岩石和茂密的树木分隔为275股大大小小的瀑布，最后在我们面前表演跌落人间的美景。

>> 仙女的水晶珠帘

每一个转弯，都是另一张大珠小珠落玉盘、飞流直下三千尺的明信片。原来，位于山顶的伊瓜苏河并非一条，而是支流过百，婉转蛇行，见缝插针，频织白练。

巴西栈道下面的水流，没有阿根廷那边湍急

峡谷悬崖之上，挂起白纱织成的水帘门，前面饰有晶莹剔透的水晶珠帘亿万，飞珠溅玉，悬泉飞瀑。

上天在这里雅兴大发，将她的275幅杰作，心思巧妙地布置在前后有致、上下各异的不同画室，一眼看不完。有的画室是60—70米高的垂直画布，织成一幅幅或粗或细的笔直白练，一气呵成，风姿绰约，争奇斗艳。

更多的画室，毅然将悬崖斩成前后两层，中间再缀以石块、绿树，这样，奔腾的白马大军先跌个30米，稍事慢下来，漫游于奇石怪林、绿意盎然的平台花园。

然后，第二轮的进攻，统统前赴后继地扑向42米下的巴拉那峡谷。两截雪白纱练，中间织成绿色丝绢。

由巴西方面看瀑布，是宽银幕的欣赏。因为主要的大瀑布，如“魔鬼咽喉”“亚当和夏娃”“三剑客”“两姐妹”等，均位于阿根廷境内。要一眼看完，就要在巴西境内的国家公园望过去。

昨天人山人海，今天空无一人，因为巴西国家公园尚未开门。轻轻松松地就独占这个世界之最。左边一条大瀑布，右边数条小瀑布，上面有飞瀑，下面还有白练。今天到底见到了多少条瀑布呢？

日照香炉生紫烟，遥看瀑布挂前川。飞流直下三千尺，疑是银河落九天。

>> 三国志

一早独占瀑布全景，还不满足？那就要准备上天下水的更高层次、更昂贵享受了。

巴西的小型飞机生产量位于世界前列，我坐上巴西产的小型直升机，空中俯瞰，Helisul Iguazu公司的收费为120美元。

过了海关桥就是繁华的东方市，但富裕的巴西这边却很荒芜

伊瓜苏市像香港的上水，对岸东方市反而高楼林立，像极了深圳

升空后，先到三国交汇之处，伊瓜苏河呈T字形，下边红顶屋是巴西，前边是阿根廷，右边是巴拉圭。万万料想不到，三个边境城市中，最大最繁华的，不是阿根廷的，也不是巴西的，竟然是小国巴拉圭的。

>> 眺望巴拉圭的东方市

东方市（Ciudad del Este）是巴拉圭的第二大城市，人口仅次于首都亚松森。东方市的国民生产总值占巴拉圭全国约60%左右。东方市的经济发展来源于利伯维尔场经济模式，美国商业杂志《福布斯》曾经评鉴该市为世界第三大转口贸易中心，仅次于美国的迈阿密及中国的香港。这是由于东方市奉行自由移民政策，在经济方面则奉行不干预政策，商人只需要付一次商业注册手续费，而且注册手续非常便捷。东方市政府不征收入息税、销售税及货品关税，

鸟瞰无法免签进入的巴拉圭

王家卫那些摇摆不定的镜头重现

被誉为世界第三的“税务天堂”，仅次于百慕大及香港。由于物价较巴西便宜，很多较富裕的巴西人和游客经常过境到东方市购物。

但这里是我们的护照全程唯一无法免签证的地方，好在可以在飞机上鸟瞰。当地华人接近4 200人，当中大部分为从事货物转口贸易的台湾商人，当地有台资银行、餐厅等。

离开三国交界，第二站是伊泰普（Itaipu）水坝，这是中国长江三峡大坝建成之前世界最大的水坝。水坝建在世界第五大河、巴西与巴拉圭之间的界河巴拉那河上。本来投资和发电量一家一半，但巴拉圭太穷，最后全部由巴西负担兴建，现在营运也是由巴西负责。

无际林海上，一条泛着油亮黑光的大蟒蛇安静盘旋，这是比巴拉那河高了72米的伊瓜苏河。顺着蛇形，前面蛇头开了一个大洞。洞口冒出大量白烟，像厨房里的蒸笼。白烟下面，是汹涌澎湃、万马奔腾、涛声如雷、惊心动魄的“魔鬼咽喉”。每秒钟，从这大洞里泄走的水，就有12 750立方米，相当于八个标准泳池！

直升机在瀑布上来回盘旋。我看到了《春光乍泄》中王家卫那些摇摆不定的镜头，还有瀑布边一个孤独男人的身影。耳边响起黎耀辉的独白：“我终于来到瀑布，我突然想起何宝荣。我觉得好难过，我始终认为站在这儿的应该是一对。”

听着这响彻万里、跨越国境的交响大合奏，看着气势磅礴的千军万马、飞流直下，我终于明白了，只有这世界上最大的瀑布，流量每秒过万立方米，才可以表达出王家卫心目中的两个人被压抑的澎湃感情。

>> 湿身于世界最大花洒

水陆空的终极一站，是去乘橡皮艇穿梭急流，冲进瀑布。个人经验，这是三种方式中最刺激的零距离接触瀑布，一试上瘾。我们乘坐敞篷车穿越森林，来到巴拉那河边，登上橡皮快艇，穿上救生衣，签生死状，工作人员告知，这是冲凉式的完全湿身！世界上最大马力的花洒，兜头淋下来！有女生加了一件雨衣，大家都换了短裤，脱了鞋子，准备从容就义！

陈百祥带我们唱起谭咏麟的名曲

就义前大家还故作镇定

黄河之水，真正的从天上来！

等齐游客，快艇出发了，迎风疾行，爽快刺激。狭长的河谷，两岸没有猿啼，倒有很多奇异的大鸟呼啸而过，例如巴西的国鸟——大嘴鸟，由《愤怒的小鸟》中飞了出来。两国都将瀑布区列为国家公园，因为这里有独特的生态环境。

身处巴拉那河谷上，随着隆隆战鼓声，仰望头上笔立大山，约有20层楼高，裂开了一个大口。包在里面的雨水泪水山水河水，统统忍不住了，从天而降70米，奔腾直下。杀到河面，语不惊人死不休。交响共鸣彻云霄，激起浪花如雾如雨，遮天蔽日，水雾足足有10层楼高。全世界浴室的花洒，加起来也不会有这条大自然花洒的一成水力啊！

受刑吧！虎视眈眈、咆哮已久的大瀑布即将吞噬我们的小艇。心有余悸的时候，“这陷阱，这陷阱，这陷阱，偏我遇上”，无比激

再见了，难忘的旅伴们！

昂的广东话歌声响起，陈百祥挥动双臂，带我们唱起谭咏麟的名曲，指挥船长“冲啊”。我们和唱着，带着视死如归的精神，冲进水帘洞！

兜头迎面淋下来，冲击力之大，水分之多，嘴巴眼睛鼻孔都是冷水。打在背上头上，劲道胜过十个泰国按摩师傅，完全没有机会反应！三十多摄氏度的盛夏之际，十吨冰凉，无尽释放，超爽至极！大水中什么都看不见，全身由头到脚已经湿透，感觉到小艇内也积满了水，几乎溺水，屏住呼吸，耳边除了大水咆哮，就是同艇的女游客由头到尾撕心裂肺的尖叫声，分不清到底是求救还是兴奋！

我以为小艇会冲进水帘洞，带我们看看洞里的无限风光桃花源。其实，船长为了安全计，只是冲到瀑布边缘，就掉头走人，回到平稳的河水中央。怎知这班老顽童已经上瘾，哀求他不要走！于是，我们又换了一首歌，“命运就是曲折离奇……”，湿漉漉地边唱边挥

手指尖的彩虹桥

秀姑，多谢你提供的爱心小食和热辣杯面！

动双臂，女生兴奋到脱了没有用的雨衣，掉头指向云里雾里的前方，冲锋陷阵。到底冲了多少次，唱到没有歌会唱了，声音叫到嘶哑了，全身已经冷得打战。感受是海陆空三种体验中最累最辛苦的，但保证也是最好玩、最难忘的。

水雾之中，一道彩虹升起。桥上有鲜艳的蓝金刚鹦鹉在亲热地吻着。那是归家的路了。

07

PERU

出发前，上网做功课

秘鲁，我生平第一次踏足南美洲这块令人目眩的土地的着陆点。

第一次，什么都怕，因为实在太陌生。

于是，半年前开始，我上网查询，务必在出发之前，所有机票、住宿都安排妥当。至于城市之间的火车、巴士票、当地游，我更担心到了当地后的沟通问题，于是上网明察暗访，全部于出发前预订好。

住在美国的表妹，介绍了一个非常好用的网站给我：Andean Travel Web（http://www.andeantravelweb.com/peru）。

这是一个独立的非营利机构，由志愿者组成，目的是推动秘鲁旅游。有全国的酒店、交通、旅行社、行程等数据，十分详尽，更新及时。

>> 三毛走过的秘鲁

明星级的马丘比丘：马丘比丘位于山上，最近的机场为印加古都库斯科（Cusco）。所以两地可以一起考虑。

省事的方法是，在库斯科购买“两日一夜圣谷、马丘比丘火车团”，由库斯科出发，包巴士/火车费、住宿一晚及早晚餐、入场费，收费为318美元。

省钱的方法是，自行在库斯科火车站（Estacion Huanchac）购买前往马丘比丘的火车票，每天有三班列车。在旅游旺季，经常爆满，应该先在网上预订（www.perurail.com）。

挑战的方法是：参加登山团，用四至八天，徒步走印加古道（Inca Trial），到达马丘比丘。但没有丰富的登山经验、有高原反应的

库斯科是印加古都，也是进入马丘比丘的必经之路

的的喀喀湖上的Uros浮岛，所有都是由芦苇编织成的，包括住宅和家具

利马到处是西班牙殖民时代的建筑

朋友，不应冒险，我就目睹一个年轻人在途中生病进医院。

纳斯卡地线（Nazca Lines）：位于纳斯卡沙漠上的巨大地面图形，无法解释，神秘莫测。这是我的心中推荐！

的的喀喀湖（Titicaca Lake）：南美洲最大的淡水湖泊，位于秘鲁与玻利维亚交界处，是世界上海拔最高且大船可通航的湖泊。当地人用芦苇编制芦苇船，甚至编织一种可供居住的浮岛。

利马（Lyma）：秘鲁首都及最大城市，必经之地。利马古城区是联合国世界文化遗产。

>> 六天秘鲁精华游

第一天：由美国洛杉矶，经利马转机，到达印加古城库斯科。上午市区观光，下午参加“库斯科市区及郊区半日游”（10新索尔，但不包括所有库斯科及郊区印加遗址的入场门票套票，130新索尔一张）。住Hostal Marani。

第二天：“两日一夜圣谷、马丘比丘火车团”（318美元）：坐上当地旅游巴士，先到圣谷，经Pisac集市，在乌鲁班巴（Urubamba）

Hostal Marani位于库斯科市中心，每晚33美元

Pisac集市色彩缤纷，是摄影的好地方

纳斯卡是荒芜的一片沙漠

午餐（不包）。参观印加古城Ollantaytambo。换乘火车Expedition train，到达热水镇（Aguas Calientes），晚餐及夜宿Hostel Viajeros（包在团费中）。

第三天：旅馆早餐后，坐早晨5点半的巴士，上马丘比丘，由旅行社的英语导游介绍。有足够的自由时间拍照，以及登后面的新山（Huayna Picchu）。下午3点半，回到热水镇，去旅店取回行李，登上4点40分的火车，晚上9点半就回到库斯科。夜宿Hostel Marani。

第四天：上午于库斯科市区购物。下午参加“纳斯卡地线两天团”（295美元），坐下午5点的巴士，离开库斯科，前往纳斯卡。夜宿巴士。

第五天：早晨5点到达纳斯卡，8点坐直升机，欣赏外星人的杰作：纳斯卡地线。下午1点半的巴士，前往利马。晚上8点半到达利

的的喀喀湖这边是玻利维亚，对岸是秘鲁的普诺（Puno）

马。夜宿Hostel Porta（35美元）。

第六天：利马市区观光。这里是南美的购物天堂，消费价格相比巴西、智利等低很多。夜里乘飞机回美国。

六天，超级容易！由于出发前已经在香港购买了两个当地旅行社的Local Tour，所有语言障碍、交通问题、住宿，在出发前全部迎刃而解！

如果嫌Local Tour贵，可以自行去购买巴士票或火车票。当然，我第二次去南美时，已经没有再买Local Tour了。

对纳斯卡地线兴趣不大的朋友（相信没有人会放弃马丘比丘的），其他路线可以考虑的的喀喀湖，这是秘鲁的另一主要景点。并且因为该高山湖和玻利维亚相接，可以直接经陆路口岸前往玻利维亚最大城市拉巴斯（La Paz）。

雨季中的马丘比丘——三毛真人真事

整整十八天，三毛待在雨季的库斯科（三毛译为古斯各），等待着火车重开，好去马丘比丘（三毛译为玛丘毕丘），“失落的印加城市，这个旅程中最盼望一探的地方”。但是，“雨，仍是每天午后便狂暴地倾倒下来，不肯停歇。去玛丘毕丘是每一个来到秘鲁的旅人最大的想望，那条唯一的铁路却是关闭了”。在没有手机的年代，三毛去火车站一次一次碰运气。最后雨停了，她到了马丘比丘。才到了一会儿，但她预感到大洪水就要来到，当天急忙临时逃走，火车走到中途，果然被洪水所困，危险万分，从下午3点等到半夜，洪水漫到膝盖，然后大家逃难一样争先恐后挤上旅行社的小巴。最后失踪了600人，尸体找到35具。

当地小孩十分友善，而且不会向游客索取金钱

旅行小贴士

治安

拉丁民族天生热情好客，而安第斯山区居民几乎全部为世界上最纯朴友善、老实好客的原住民印加人，对于稀客中国人更是好奇友好。我所到之处，即使语言不通，当地人也都很友好地搭肩膀合照，还呼唤亲朋一起开心合照。

库斯科治安良好，半夜市中心广场也灯火通明，有事可以找到处都有的“游客警察”，由于旅游业是当地的经济命脉，警察一般都会偏向游客。

语言

西班牙语是主要语言，乡村也说印加人传统的盖丘亚语（Quechua）。英语除了旅行社的人以外，似乎都不会。所以学会几句简单的西班牙语很重要。

货币

通用货币叫新索尔（Nuevo Sol），1美元可换到2.67新索尔。在游客区，美元也通用。所以，出发时，带一定的美元现钞。

20新索尔纸钞

我的经验是，大额现金，如旅行社及酒店，一般都用美元标价，直接付美元较好。但在餐厅、小贩处购物和吃饭，美元并不划算，因为汇率会较银行的低。所以，可以在市中心广场的兑换店换价值一两百美元的当地货币新索尔备用。

新大陆，新知识

必须要认识的三种印加神兽

秃鹰（Condor）、美洲豹（Puma）及蛇。这三种动物同时被印加人崇拜。蛇代表地下的世界。美洲豹代表人的世界。秃鹰代表天上的世界。在安第斯山脉的印加建筑物、纺织品、纪念品上经常可以见到这三种神兽并排在一起。

与之相对应的是，"安第斯三层境界"。最上层是"Hanan Pacha"（天堂），中间是"Kay Pacha"（人间），最下层是"Ukhu Pacha"（地狱）。

由上至下，排了三种印加神兽，分别为秃鹰、美洲豹及蛇

08

PERU

印加迷城云上行

>> 初抵世界肚脐：库斯科

海拔3 400米的迷失古城，叫库斯科，位于安第斯山脉群山的怀抱之中。800年前，蒙古的忽必烈定都北京的同时，这里成为了神秘的新世界——印加王国的首都。库斯科在当地盖丘亚语解作“肚脐”，含有世界中心的意味。印加人发源地是的的喀喀湖，这个位于秘鲁和玻利维亚交界的高山湖，湖心岛就是太阳岛，太阳神在那里创造了一对男女，繁衍成印加民族。大约在中国的元朝时，这里的太阳神的子孙们迁徙到山顶上的库斯科，因为这里“距离太阳最近”，12世纪终于建成了印加帝国的首都。

的的喀喀湖上，太阳岛上的印加皇宫

安第斯山脉群山

我是由香港飞洛杉矶，住了一晚，第二天换当地的Lan Peru，机上的娱乐系统可以学习各种语言，我当然学习了一下西班牙语。坐8个小时飞机到秘鲁首都利马，到达时已经是半夜1点，转机等候了4个小时。Tourist Information（旅游咨询台）仍然开放，很友善地向我介绍了利马的交通和景点，方便我回程时利用。

凌晨5点再上机，坐了一个小时内陆机，早晨6点15分终于到达了库斯科。

前往库斯科的途中，从飞机上俯瞰，安第斯山脉有如跟我玩捉迷藏一样，一会从云海中探头而出，一会又潜伏于白云之间。一个小时的机程，看到的除了白云，就只有红赭色的荒芜土地，杳无人烟。偶尔出现的人影，也只是来自一小块一小块的农耕地。

>> 粉红色美洲豹

在红色和白色的交替过后，出现的是一只巨大的粉红色美洲豹形状的城市，躺卧在3 400米的高山之中。而它身上的粉红色，其实是来自城市的屋顶上那些粉红色的瓦片。印加王当年定都库斯科，将其打造成美洲豹的模样。

位于3 400米高的高原，空气稀薄而洁净，天空更有如蓝宝石般晶莹剔透。经过了两天的飞行旅程，深吸一口天堂的清晨空气，让人精神一振。可能是接近天堂的关系吧，这里实在让人心灵和谐，感觉圣洁。

迷城初现，我觉得俯瞰更像鸟，而非美洲豹

简陋的库斯科机场

旅馆的中庭，可供住客晒着太阳免费上网及免费喝茶

Hostel Marani虽然便宜，33美元一晚，但服务却很到家。一出机场，旅馆的女孩子就举着写有我名字的纸牌，前来迎接我。她穿着肥胀的羽绒衣，吓我一跳！现在不是夏天吗？她说，不用担心，中午很热的！

20分钟到了旅馆，是位于市中心小巷的殖民地老屋，房间很干净，中间有一个漂亮的花园，阳光满满，有免费WiFi。我由于乘早机到，居然得到一顿免费的早餐，以及最重要的古柯叶（Coca Leaf）热茶。

>> 毒品？热茶？

印加人称古柯叶为“圣草”或“绿色的金子”，几个世纪以来都嚼古柯叶（或加入石灰），增加力量，缓解饥饿，减轻痛苦。对游客而言，喝一杯古柯叶的热茶，可以减低空气稀薄带来的不适。

但古柯叶可以提炼出高纯度的可卡因，就是极度危险的毒品了。美国政府一直向秘鲁、玻利维亚政府施压，威逼利诱，要求禁止

古柯叶在这里喝喝就算了，千万不要带出秘鲁（玻利维亚、哥伦比亚除外），因为这在其他国家（如智利、美国）就是违禁毒品。即使一小片叶子落在背包中，也是严重的运毒犯罪，谨记谨记！

古柯叶种植和贸易，但两国政府认为这是传承千年的传统药品，拒绝就范。据说，秘鲁至今约有90%的成年男子习惯每天咀嚼古柯叶。秘鲁是世界上最大的可卡因产地，古柯叶是秘鲁出口最多的农产品，每年可赚取外汇1亿美元。玻利维亚年产古柯叶5万吨左右，居世界第二位。

走出旅馆，就是一个小广场，很多小贩已经开档营业了。

>> 印加王国的巨石

经过一条长长的印加古墙，就到了粉红色美洲豹的腹部，市中心广场兵器广场（Plaza de Armas），是昔日印加王被西班牙人绞死的地方。1532年，第一次进入新世界印加首都的西班牙人，对这个金光闪闪、光彩四射的城市惊叹不已。

安静的街道两旁，夹杂着泉水淙淙的净水沟，和跟它完全相反的污水沟。唯一的声音，就是来自穿着拖鞋、拖着矮小的美洲羊驼Llama散步的印加人民。号称南美洲最大的动物Llama，其实个子很小，说像骆驼，其实更像绵羊，并不能套车驾辕。

所以，当印加王带了数千随从，见到百多人的西班牙军队骑着从来没见过的高头大马，以为是天降神兵，于是不战而降。但贪婪的西班牙人得到堆满一个房间的救赎黄金后，却在广场中心绞死了印加王，然后大肆抢劫，将神庙和皇宫的黄金搜刮一空，最后一把大火烧掉了整个库斯科。

在大火中幸存的，只有一些印加巨石建筑的根基。西班牙人在这些巨石根基上筑起天主教堂，像建在印加太阳神庙上的圣多明各教堂，和建在印加皇宫上的圣诞陪伴教堂。洛可可式的华丽教堂，似乎更让当地的西班牙后裔引以为荣。

不过对于游客来说，今天库斯科最主要的景点，不是四百多年历史的教堂的豪华天花板，而是每一块残存的印加巨石。每块

拖着矮小的美洲羊驼Llama散步的印加人，走过印加石墙，已经是最亮丽的库斯科风景线

拖着羊驼坐在教堂门口的印加妇人，被警察驱赶

现在的库斯科山路狭窄，人车争路

完美光滑的印加巨石，实在无法想象，石器时代的印加人如何削制而成

数十吨重的巨石，由人手打磨得完美平滑。比埃及金字塔更不可思议的是，从来没有两块印加巨石是一样的，还有的特意设计成三尖八角，和每一块相接的石头更是契合得天衣无缝。不需计算机设计，也不用水泥，连一片刀片都塞不进去，还可以抵挡八级地震呢。

这里最出名的印加巨石叫“十二边石”，在一所教堂的墙角，一块一米高的巨石，有12个边、10个角，和11块大小不一的石头，仿佛天生一样，紧密地一个扣一个，不用泥土、石灰粘连，缝隙衔接严密，连针都插不进去。没有任何铁器、没有机器的印加人，要用多少功夫才能将巨石打磨成这些艺术品呢？这块巨石原本是第六代印加王Roca皇宫的一部分。

除了石头，更吸引人的应该是金器了吧，因为印加就是传说的

美丽的库斯科兵器广场，有南欧的气氛

想象一下，这些神庙的上面，原来供奉了金光闪闪的太阳神

连刀片也塞不进去的印加石墙，天衣无缝，令人叹为观止

“黄金国”，他们不会冶铁，供奉器皿都是纯金的，或是纯银的。但是没有投资眼光的西班牙人却将供奉在神龛的各式金像，太阳神庙外巨大的黄金太阳神像，以及印加皇宫花园里实物大小的黄金花树、黄金蝴蝶、黄金驼马、黄金地板等各式各样的珍贵瑰宝都熔成金砖，

运回了马德里。这就像将明清的瓷器打碎一样，或将一只百达翡丽表拿去熔金差不多。

>> 南美洲最美丽的广场

那些印加王国的景象，只能想象了。今天的兵器广场依然是南美洲最美丽的广场。广场正面是大教堂（Cathedral），坐落在印加Viracocha神庙遗址上，用来自Saqsaywaman的印加巨石修建而成。另外三面都是红瓦小屋，广场中央是喷泉，坐了很多懒洋洋晒太阳的混血儿（秘鲁超过五成人口是原住民和白人的混血儿，称为Mestizo）。卖纪念品的印加土著，穿着色彩鲜艳的民族服饰，招徕游客。

库斯科乃至整个秘鲁对外来的天主教的狂热，令人诧异。每个贫穷的秘鲁城市，最豪华的建筑物一定不是政府办公大楼或法院，而是教堂。漫步在太阳大道，满街的西班牙式建筑，在广场上的青铜喷泉上空飞翔的白鸽，在长椅上懒散地晒太阳的人们，如果没看到这些带有印加人特点的深棕色皮肤，我还以为自己置身南欧呢。

找到位于广场一侧的旅行社SAS Travel，我在香港已经订好了两个当地团。我去查询，因为我在网上买的机票，必须经库斯科往返利马。但我想省时，由纳斯卡直接前往利马，不必走回头路，坐12小时巴士又回库斯科，再坐飞机去利马。旅行社职员告诉我，可以前往市中心的Lan Air办事处改机票。果然，网上不能买的Open ticket（即来回地点不同），在Lan Air办事处只用了6美元就改好了机票（由洛杉矶飞库斯科，由利马回洛杉矶），于是我又有了一天时间在利马游玩！

罗马式喷泉，拉丁式天主教堂，却建在印加古都

太阳大道如果没有穿着民族服饰的原住民，会让人以为是在南欧呢

本地人的小餐厅，既便宜又有趣

鸡同鸭讲，不损老板合照的雅兴

午餐在Plaza San Francis旁边的一个本地人小餐馆。一个套餐有沙拉、汤、鱼、饭、饮料，才6新索尔！老板见我不停地拍照，他也走过来，要和我合照呢！

>> 库斯科半日游

参加了下午1点半出发的库斯科市区及市郊旅行团，也是SAS旅行社，只花了10美元（原价是15美元），省时省力，也不必自己找车去市郊，最重要的是有专业英语导游，现场指导，增加观赏乐趣。

本地旅行团都不包库斯科各大景点门票，要自行在政府Tourist Information多买一张景点套票，130新索尔，好贵！

旅行团集合地点就在我吃午餐的地方Plaza San Francis。同团的都是老外，第一站是太阳神庙（Temple Del Sol，现在是教堂Iglesia de Santo Domingo）。就像是一只戴了狼头的羊，天主教堂粗暴地修建在原本的印加神庙上。

天主教堂的地基是黑色的巨石，这是印加神庙的遗物，十分雄

集合的地点，就在Plaza San Francis

宏伟的天主大教堂

不好意思，又要诸位靠想象了，好多尊闪烁的黄金太阳神像啊

伟。上面是红砖的天主教堂，小小红砖放在黑色的巨石上面，格格不入，像是儿戏的积木。

为了招揽游客，秘鲁政府拆走了部分五百年前修建的天主教堂，将原本的印加太阳神庙还原了一部分。

搬走了圣母和耶稣，亮出来的一个是太阳神殿，一个是雨神殿。

>> 印加信仰的中心：太阳神殿

作为曾经叱咤南美洲的大帝国，15世纪的印加王国空前强大，国土由中美洲的厄瓜多尔、哥伦比亚延伸到玻利维亚、智利。帝国的中心就是秘鲁，首都就是库斯科。库斯科的中心，当然就是信仰的中心殿堂——太阳神殿了。

所以，可以猜想，以巨石打磨闻名于世的印加人，一定用了最好的工艺、最华美的供奉，来祭拜他们的主神——太阳神。

相比在市区Inca Wall见到的巨石，太阳神庙的石头切割得更加精美，打磨仔细，一丝不苟，如同机器制造、刀削豆腐一般整齐。想想印加人的工具，这也算是石器时代的人类登峰造极的手工艺品了。

一个个神龛空空如也，只好想象里面的纯金神像，一个个都被西班牙人拿下来熔了。平滑的石砖上原本铺了一英尺（0.3米）厚的黄金，也被刮走了。在教堂高耸的屋顶下，这些被抢掠一空的印加神

教堂中庭，左侧为复原后的太阳神庙

无法令我仰望的金光闪闪的贼赃

回到香港后才发现，太阳神庙的入场券上，画了当年西班牙史学家的描绘。坐在椅子上的，都是印加王历代先人的木乃伊

庙，令远道而来的我对西班牙人的短视及强盗行径十分反感。反而导游（一个自称马丘比丘人的混血儿）无所谓地轻描淡写说着历史，也难怪，经过500年的杀戮、殖民、传教、混血，他们以混血自豪，以欧洲为傲，而不是他们认为原始土气的印加。

>> 黄金国

航海大发现的年代，传闻在地球的对面，有一个黄金国。据说一个印第安酋长告诉西班牙人："我可以告诉你们，有一个帝国的人民，他们吃喝的器具都是纯金所制。那里的黄金，就像你们家中的铁器那么普通。"

1531年，西班牙冒险家皮萨罗（Francisco Pizarro）俘虏了印加王，印加王为获得自由，许诺向皮萨罗支付巨额赎金，即用50吨黄金填满囚禁自己的房间，并用白银填满其他两间屋子。但这只是印加王国拥有的黄金的很小一部分。

印加，就是西班牙人一直寻找的黄金国。印加在15世纪征服了以黄金文明著称的奇穆王国，将其一万多名黄金工匠带到"离太阳最近的地方"库斯科，利用赤陶制成的风炉，冶炼这种发出太阳光一样光泽的金属——黄金。他们冶金的技术远远超越了所有新大陆的文明，包括中美洲。印加人不用黄金做钱币，人民也不能使用黄金首饰，只能奉献给印加王。印加王国盛产黄金，已经占当时全世界黄金产量的一半。

为了彰显太阳之子——印加王的威信，库斯科皇宫神庙所有地面都铺上厚达一英尺的黄金。还有"黄金花园"，工匠用黄金铸造无数精美的玉米、花卉、植物、羊驼、牧人，全部都是真实尺寸。在太阳节的时候，印加人民手持金粉，撒向出巡的印加王。全身金光闪闪的印加王，最后步入的的喀喀湖畅游，代表黄金、太阳之子和母亲湖融为一体。

信仰的中心——太阳神庙，又名“金宫”。

根据西班牙史学家记载：“太阳神庙由平滑巨大的石板建成，主殿有4 000多平方英尺，地上全部都铺满了厚达一英尺的黄金。中央供奉了巨大的太阳神像Apu Inti，是一个男人模样、向四周发射出火焰光芒的纯金圆形凸片。在阳光照射下，光芒四射。太阳神像左右，地上是很多把木椅子，放置了一具一具恐怖的木乃伊，这都是历代的印加王。尸体中央，有一张华丽的空椅，就是印加王的宝座。印加人对死去国王的木乃伊特别崇拜，节日时常抬出来游行，作战时也带着出征，相信这些木乃伊有神力，可以保佑胜利，若他们被破坏，会有厄运或死亡降临。太阳神殿的旁边是供奉月亮、星星的小殿，分别用银打造的凸片，刻画了女人模样的月神、星神。还有两个殿，供奉雷神Chuqui Illa、闪电神等。”

如果一个人的接受能力不高，一定以为这些崇拜木乃伊和偶像的印加人太“邪恶”了！何况西班牙人刚刚经历了欧洲文明最黑暗、封闭、野蛮的中世纪，可以想象他们都是一帮还没有经历“文艺复兴”的乡巴佬，只不过会行船，行到了新大陆。奉罗马教宗旨意传播天主教，西班牙殖民者将太阳神庙精美的异教艺术品熔铸成金锭、银锭，运回西班牙。

天主大教堂是南美最大的教堂，建在印加守护神Viracocha的宫殿上。看到金碧辉煌的耶稣像、玛利亚及天主教先知圣贤们，令我想起强盗的赃物，无法视为神圣象征。导游不停地强调，教堂500幅油画中，有一幅是西班牙国王查尔斯一世（Charles I）送的，简直是皇恩浩荡，但游客反而没有兴趣。由于这个教堂没有复原印加宫殿，大家只好低头看地上平滑的印加巨石，遥想一下宫殿当年不同凡响的华彩。

逛完市区的两个主要景点，旅游巴士继续送我们去库斯科郊区的印加遗址。

>> 性感女子的秘密

Saqsaywaman，意为“山鹰”，是保卫库斯科的四座卫城之一。卫城皆位于库斯科四面的制高点，俯视首都，距离库斯科3公里。

每年的太阳节（Inti Raymi），是印加最大的传统节日，在Saqsaywaman有盛装打扮的印加王和他的军队，重演印加帝国的冬至庆典，这也是库斯科游人最多的时候。太阳节共有九天，头三天为斋戒。第四天由太阳之子印加王主持，日出时，印加王带领所有贵族大臣

遥望“Sexy Woman”三层的城墙遗址

向太阳敬酒行大礼。仪式中要牺牲大批纯黑的羊驼，并烧烤其肉分给大家享用，开怀畅饮，唱歌跳舞，持续六天。

Saqsaywaman，这个几乎无法发音的印加名词，因为音近英文的“Sexy Woman”（性感女子），令西方游客以讹传讹，把这个庄严神圣的印加祭典用的古堡称作“Sexy Woman”了。

“Sexy Woman”原本有宏伟的三层城墙，在1536年，印加人被西班牙人重重包围在这里，最后几千人战死，吸引了很多安第斯老鹰吃尸肉。为纪念这段历史，库斯科的市徽上就是八只老鹰。

印加王当年定都库斯科，将其建成美洲豹的模样。而美洲豹的头部，正是“Sexy Woman”。之字形重重叠叠的高大城墙，就是美洲豹的牙齿。

城墙被西班牙人拆得乱七八糟，将完好的巨石都搬回库斯科修建天主教堂了。剩下的残门破墙中，导游指给我看：“你看见那边有

像美洲豹的牙齿吗？

一条神蛇吗？”顺着他的手指，果然看到乱石之中一块巨石被打磨成蛇头，两块小一点的石头被打磨成蛇下巴，还有很多块被打磨成蛇身，游走于巨石阵之中。

这就是导游的价值了！就为了这神圣的一指，10美元，值！

>> 西班牙“时装”

Sexy Woman没有见到，却遇上很多Old Woman（老妇）！巴士站外，有很多穿着有趣的“印加西班牙混血服饰”的老妇。据说，西班牙人征服印加王国后，禁止印加人穿着传统服饰，要求她们织成西班牙“时装”。但聪明的印加妇女在纺织细节、色彩、花纹上，偷偷保留了祖先的传统，形成今天的混血服饰。

走时才发现，“Sexy Woman”城墙外边，又新修了一尊耶稣像，感觉怪怪的

神泉前面，有很多印加小贩

很多印加妇人在巴士站和游客合影

泉水上方的四个神像龛，被可恶的西班牙人偷走了神像

Old Woman们还拉着羊驼，和游客合影，小费一美元。现场也有游客从远处偷拍婆婆不给钱，令我鄙视。婆婆们敬业乐业，盛装艳抹，带着全部家当（传统印加人以家中的羊驼数量为存款数量），站了一整天，就等你这一美元吃饭，你还忍心不给吗？

前往两公里外的另一个印加遗址Qenko，一块巨石上雕琢了很

经过人工的一线天

木乃伊制造石台

多神龛、台阶。这里也是印加王祭祀的神庙，导游说，神像都被偷运去了美国。嗯，总比落在不识货的西班牙人手中幸运些。

第三个遗址是Pukapakara，乱石堆中有人工雕成的“一线天”，只能过一人。经过后，看到神殿中间有一个冰凉的木乃伊制造石台。

最后一站Tambomachay，是一段印加古道，碎石铺成。水道仍有清澈的温泉水，哗啦哗啦地流淌，所以又名“印加温泉”。只是泉水上方的四个神像龛，却空空如也。

回程时因太阳下山，气温骤降，空气稀薄，更加头痛，应该是高原反应。回到市中心兵器广场吃饭，广场四周都是两层楼的木制老屋，一楼是商店，二楼是餐厅，都有木雕阳台，可以一边欣赏着美丽的广场一边吃饭。

坐在露台上，望着华灯初上的广场，虽然很冷，只有几摄氏度，但仍然很开心地不停拍照。

回旅馆后，店主教我咀嚼古柯叶，不要光喝茶，感觉上果然没有那么头痛了！

库斯科后记

库斯科是我去过的众多古城中最漂亮舒服的一个。大概因为她是躺在南美的大地上，500年来，印加人的传统和西班牙人的美感、历史、艺术、宗教的精华在这里融为一体了。库斯科对天主教狂热，令它成为南美的罗马，现在街边仍有很多宗教用品店，卖雕刻精美的木雕画框装圣母玛利亚相片，以及神龛。

不过说到底，这个印加的迷人古城，是被誉为跟天堂接近的地方。上天堂，却要小心高原反应。这里的海拔和拉萨差不多，还好第一天置身这里的我没有感到异样，只是到晚上变得疲倦和头痛，嚼一些饭店提供的古柯叶，感觉会好点。

库斯科是一个八成印加血统再加两成西班牙血统的忧愁的混血少女。她身上辉煌的印加历史，被烙上了西班牙父亲的暴力印记。在这些令人惊叹的印加巨石上，修建了华丽的洛可可式教堂，举世无双的两个大陆，两国文明的结晶，总带有一丝淡淡的忧愁。

如果这位混血儿已经令你意乱情迷，请小心另一位美若天仙的纯种印加少女。她是永远的太阳神的处女，500年来完全没有被西班牙人发现，如世外高人一样独居深山，不食人间烟火，但吃了防腐剂，保存了印加王朝巅峰时的倾国倾城模样。

旅行小贴士

餐饮

安第斯山脉是马铃薯的故乡。此外，最早由中美洲传入玉米。所以几乎每一餐都有这两样东西。市中心广场四周都是两层楼的木制老屋，一楼多是商店，二楼都是餐厅，都有木雕阳台，可以望着美丽的广场吃饭。一份套餐只需几美元。

新大陆，新知识

印加：追溯起源

印加是南美洲最著名的文明，但印加帝国其实一点不古老，是南美洲最大的、最后一个本土帝国。太阳之子（亦即第一位印加皇帝）于公元12世纪定都库斯科，距今800年前（中国元朝）建国，修建了总长两三千公里的印加古道，征服了80个不同的部落，总共有1 000万人口。1532年，印加帝国被西班牙人灭亡，仅存在了300年。

印加不是石头里蹦出来的文明，也不是由太阳生出来的，而是师承了众多印加前的南美文明。

公元1000年，秘鲁北部的奇穆王国定都昌昌（chan chan），城内修建了9个城堡。

公元100年，秘鲁南部沙漠出现的纳斯卡文明，以巨大的地画闻名。莫切人（Moche）在北部建立了西潘（Sipan）金字塔。

公元前1000年，查文（Chavin）文化在秘鲁北部的Huaraz出现，这是南美洲文明之母。

南美洲文明又是哪里来的呢？外星人传授的吗？虽然美洲大陆和旧世界隔绝多个世纪，但南、中美洲的文明一脉相承。追溯南美洲的文明，就要向中美洲进发。南美洲的最早期人类，由北部的中美洲迁徙而来。南美洲第一个文明查文的建筑，就是师承自中美洲的奥尔梅克（Olmecs）文明。

由中美洲到南美洲，整个拉丁美洲文化的根，都可以在今天的墨西哥找到。

300万年前，非洲的猿人学会了用石头制作第一件工具，人类进入漫长的石器时代。经过200多万年的进化，终于在6 000年前，在两河流域和埃及发明了青铜工具，进入青铜时代，正式标志人类文明的诞生。希腊、中国于公元前2500年也进入青铜时代。

但是，地球上有一个大陆，没有青铜时代。因为15世纪前，这个孤独的大陆原地踏步停滞在石器时代。

当亚洲的波斯征服欧洲的希腊、非洲的埃及，当欧洲的罗马贵族穿上由中亚阿拉伯商人输入的中国制造的丝绸长袍，当日本奈良

墨西哥的神明造型，非我等凡人能理解！这是炮弹神坐直升机，还是财神在卖电风扇？

玛雅已经是美洲众多文明中最先进的一个，但仍然属于石器时代

八万年前，第一批人由亚洲越过冰封的白令海峡迁移到美洲

玛雅士兵使用原始的弓箭作战

和越南经中国传入印度小王子的觉悟，当印度尼西亚人手持《古兰经》前往中东的麦加朝圣时，旧世界的东南亚交往频频，激荡出更先进、更强大的民族、国家和文明。这就是先进的旧世界。

美洲，遥远的美洲，没有在历史的轨道上相遇法老王、宙斯、亚

由比亚埃尔莫萨（Villahermosa）搬了一个奥尔梅克大头石雕来墨西哥城，怪不得他闷闷不乐

寂寞了3 000年的恰克莫（Chac Mool），但这种用活人心来祭祀的落后文化，很难出口去旧世界呢

半鸡半人的战士陶像

里士多德、佛祖、孔子、摩西、耶稣、安拉、大流士、成吉思汗等，寂寞了足足3 000年。亚细亚的孤儿，孤独地在这片大地上生活。少了异国文明的激荡，长期生活在原始的奴隶农业社会的石器时代。

博物馆的起点，是描绘美洲大地上出现的第一个人，是一位蒙古猎人，在八万年前，追逐猎物，由亚洲北部横渡冰封的白令海峡，首次踏足这片原始的广阔大地，就是今天的阿拉斯加。到了冬季，北美冰封，猎人们南迁，走了多个世纪，迁徙到气候宜人的今天中美洲墨西哥。

经过了漫长的七万年进化求存，这些茹毛饮血的土著在这里孕育出整个美洲的第一个文明，是为美洲文明之母——奥尔梅克。这也是公认的世界上第六个主要古文明。那个年代，时值公元前1200年。

印加的巨石，相比粗糙的玛雅巨石，这简直是现代艺术品

欧洲的希腊第一个城邦迈锡尼的狮子王，正在和特洛伊苦战，然后上演了荷马史诗中的"木马屠城记"。中国正值商朝时代，刚出现甲骨文和青铜器。印度教的前身婆罗门教、佛教的前身沙门教流行于印度。

墨西哥的文化遗产，和意大利、西班牙、中国、法国的完全不相同。因为这些遗产大多来自15世纪前的美洲的石器时代。

当今在旧世界的亚、非、欧洲，要找一个全部是石器时代作品的博物馆，并不容易。但在新世界的拉丁美洲，有一个博物馆全都是石器时代的作品。这就是研究拉丁美洲文明最重要的线索——墨西哥国家人类博物馆。

旧世界的五个文明，数千年来一直都在相互影响交流、混战混血。故此，你会在中国唐代文学中看到印度宗教的诗歌，埃及艳后成了罗马恺撒大帝的情妇，欧洲的亚历山大大帝攻占亚洲的波斯，将非洲的港口命名为亚历山大港等。交流带来进步。中国在春秋战国时、欧洲在公元前一千年，再进一步，由青铜时代进入铁器时代。

在博物馆中漫步了一天，我慨叹只能用异域风情来形容这个公

玛雅的天文虽然先进，但对石头的处理，远远不及后来的印加人，这是玛雅首都帕伦克（Palenque）的玛雅石墙

元1521年前的几十个世纪遗世独立，完全没有受旧世界青铜、铁器时代文明影响，一个原生土长、自给自足的石器时代大陆文明。

整个中美洲文明的传承，在这个博物馆一目了然。新大陆的十多个美洲文明的建筑（金字塔、神庙）、宗教（羽蛇神、雨神恰克、使者恰克莫、活人祭祀）、习俗（球技比赛、崇拜侏儒、玉米神）等，这些相同的宗教和习俗，出现于这十多个不同时期、地方的文明之中。相比之下，玛雅是其中最光辉的美洲文明。

中美洲对于太阳神的崇拜，历史悠久，公元前2000年的特奥蒂瓦坎（Teotihuacan日月金字塔），就是用活人祭祀给太阳。而最著名的中美洲文明——玛雅，更在印加兴起前已经消失。这些中美洲文明的宗教、天文、建筑等，南传到了南美洲，影响至印加。

在踏足拉丁美洲以前，我总是将印加当成玛雅。亲身探究了拉丁美洲文明中的这两个翘楚，我才清楚它们彼此的区别。

玛雅像是唐朝时的士大夫，夜观天象，精通文字、历法、天文、数学。他们深居简出，明明有平原大地，却在密林修建金字塔、观

不要以为我是四四方方的乐高玩具！我可是玛雅第一大神——羽蛇神！

星台，越到晚期，越往森林更深处躲藏。最后，公元10世纪，玛雅文明的忽然消失，并非由西班牙殖民者所灭。遗址藏身于墨西哥、危地马拉的热带雨林1 000年，直到1839年才被来自纽约的一位律师斯蒂芬斯（John L. Stephens）发现。

印加像是明朝时的石匠，没有文字，但心灵手巧功夫好，愚公移山，徒手削铁如泥。西班牙人入侵之前，称霸南美其他民族。西班牙150人的探险队，吓跑了印加八万军队，西班牙人联合其他土著组成反印加的联军，迅速灭亡印加帝国。圣城马丘比丘被废弃，直到400年后，1911年，被美国历史学者海勒姆·宾厄姆（Hiram Bingham）发现。

09

PERU

登天之路

印加，意为“太阳”。印加人是15世纪欧洲殖民者以为的原始人，他们诞生于的的喀喀湖的太阳岛，然后征服了南美洲其他民族。它拥有完善的印加大道，长达两三千公里。发达的农业全靠复杂的灌溉系统，最长的水渠长达113公里。他们用神乎其技的手工打造巨大的印加巨石，平滑完美，天衣无缝，经过800年的地震及人为破坏依然矗立不倒。他们的天文历法十分先进，一年12个月，每个月30日。冬至（北半球的夏至）是新年的开始，太阳神最眷恋的一天，很多建筑物都是以这一天照射到南美大地上的太阳光而巧妙设计的。

历史总是故意给我们留下一些遗憾和失落。横跨今天的秘鲁、玻利维亚、智利等广阔土地的印加王国，碰上了不怀好意的入侵者。1532年是印加倒霉的一年，发着黄金梦的西班牙探险家弗朗西斯

原本供奉太阳神纯金雕像的神龛，被洗劫一空

日夜守护着天空之城的，是尽职的羊驼

圣谷的梯田和印加织女

科·皮萨罗带着150人，初次和带着数千手无寸铁的随从的印加王见面。传教士向印加王施以《圣经》，要他信天主教，但被印加王丢到地上。于是西班牙骑兵袭击，生擒了印加王，在收到一整座房子的黄金的赎金后，在库斯科的市中心广场绞死了印加王，戏剧性地结束了这一辉煌的古文明。西班牙人然后大肆抢劫，放火烧了库斯科。于是今天在这个和北京一样年纪的古都，什么印加神庙、皇宫、广场都只好靠想象了。

但在80公里外的海拔2 500米高的崇山峻岭之上，闪烁着印加人献给太阳神的礼物——马丘比丘。它占地13平方公里，有完整无缺的神庙、堡垒、祭坛、贵族庭院、平民住屋、市场、广场等200座建筑物，却在殖民以后的400年完全被人遗忘了，西班牙殖民者完全不知道这个“天空之城”的存在。直至1911年，才被美国历史学家偶然发现。

>> 圣谷、马丘比丘之旅

睡好了后，不再头痛了，但早餐我仍喝了大量古柯叶茶，以防万一。用旅馆的WiFi上网，订了利马的酒店，本来要43美元，last minute offer（最后一分钟报价）才35美元！

SAS导游来旅馆接我们，开始两日一夜的圣谷、马丘比丘之旅，每人318美元，车上很多人只参加一天的圣谷之旅，然后他们会步行爬上印加古道。

由库斯科前往马丘比丘，欧美游客一般选择较辛苦的一条路，就是步行登上群山之中的印加古道，这条古道是在20世纪40年代才被考古探险家发现的。由于秘鲁政府每天只限500人登山（包括200名游客，300名挑夫及导游），而且2月份封山清洁，所以一定要几个月前预订，行程4—7日都有。在海拔3 600米每天步行数公里，我们这些城市人如非登山高手，还是不要试。我在马丘比丘山下的热水镇遇到三个加拿大年轻人，就是在第一天已出现高原反应，要住院并放弃整个登山行程。

较容易的一条路是坐火车去，库斯科有很多旅行社，提供两日一夜的旅行团服务。

>> 圣谷的五彩市集

一早先去圣谷（Sacred Valley），登上了海拔3 400米的山路，下面是河流及良田，而且不同于山下，这里一年三熟，是印加人的粮仓，怪不得成为圣谷了。山谷中有蜿蜒的Vilcanota河，两岸都是肥沃整齐的田野，山上更有鬼斧神工的印加梯田。对岸偶尔会有印加遗址，印加古道也在河对岸。

Vilcanota河又称圣河，是世界上海拔最高的可航行河流乌鲁班巴河（Urubamba River）的一部分。这里是安第斯山脉最难通行的地区，乌鲁班巴河一直通到圣城马丘比丘。

印加人的粮仓——圣谷。山谷的小河，就是圣河Vilcanota河

圣谷中太阳神的子民——印加人后裔

来到玉米的原产地，当然应该吃一根白玉米

印加人在圣谷培育出了与地球其他地区（旧世界）完全不同的农产品。他们培育的一百多种农作物，均为南美洲原生植物。他们种植了木薯、花生、各种豆类、鳄梨、古柯、甘薯，还有220个品种的马铃薯！其中，玉米由中美洲的玛雅地区传入。如今，美国人食用的蔬菜水果中，一半种类是由印加原住民培植的。

Pisac市集入口

圣谷这里出产秘鲁最好的水果，各式各样的马铃薯，我第一次见到像黑色石头的马铃薯，还有白色的大粒玉米，每一颗比大拇指还大，圣谷很多小贩叫卖水煮的大粒白玉米，既多汁又饱肚，3新索尔。

中途停在一个农舍，我也买了一根白玉米。庭院中，农妇在用Alpaca织布，她身后有几只羊驼。年轻漂亮的女儿用草喂羊驼。她忧郁感伤的眼神，并没有因为有游客来买白玉米而有所减轻。

中途停在Pisac市集，这是圣谷最大的市集，一半都是传统货品街市，一半是游客铺。穿着五花八门的民族服饰的村姑，叫卖一些从未见过的蔬果，光是玉米就有红色、黄色、白色、彩色等，还有如调色盘般五颜六色的调味料。

小贩都很斯文，从不对游客死缠，你要买就买，不买没有人追着你。那些头戴毡帽、扎着长辫子、皮肤棕红色、身穿鲜艳的传统

市场连玉米也是五颜六色，令我着迷

调色盘吗？还是调味料？

印加服饰的当地村妇，是绝佳的摄影模特儿。她们最多怕羞地遮住脸，但不会恶言相向。

>> 烧“几内亚猪”

之前看纪录片，这个市场中间有一家烧猪店，专门烧“几内亚猪”（Guinea Pig），但是这种小如兔子的可爱动物既不是猪，也并非来自几内亚。这种动物是印加人驯化杂交后的一种家畜，西班牙人将其带回欧洲后，贵族们很喜欢这种小动物，作为宠物饲养。

女生先不要尖叫，这种动物的中文名字可能会吓怕大家，叫豚鼠，或天竺鼠。烧老鼠吃？太刺激了吧！但如果同你讲是“烧猪”，感觉是否完全不同呢？但我只看到一家店在卖烤面包和烤鸡，没有烧猪呢！

讨厌的导游在这里只停30分钟！走进市场，拍照已经花了15分钟了。我唯有火速买了一件Alpaca的外套，35新索尔，及一顶手工织的帽子，15新索尔，烧过证明是Alpaca，大部分便宜货是混了化学纤维的。又买了一块民族织布，10新索尔。如果不是跟团，我会在这里消磨一个上午的。

记得外国纪录片中，就是这个烤炉，出品独特的烧“几内亚猪”，不过今天只见到烤鸡

>> 爬印加梯田

下一个节目，大家走上Pisac印加梯田，参观太阳神庙。这里要收费，入场费70新索尔，团费已包。

因为是旱季，梯田一层一层的如湖水涟漪。近看，每一层地基都是印加巨石砌出来的，当然没有神庙的巨石打磨得那么完美。Pisac最高的山顶，也是一个遗址Inca Citadel。我以为这个居高临下俯瞰整个圣谷的地方是一个军事堡垒，却原来是太阳神庙，难怪当年150人的西班牙入侵者可以一年之间亡了印加帝国了。

在小镇乌鲁班巴吃午饭，是自助餐。团费不包，自费20新索尔，有羊驼肉和扁豆等本地菜。餐厅外面有很多盛开的红花。

没能逛街，要去爬山晒太阳，心情很不爽

梯田顶，就是一座太阳神庙

我以为这是一个堡垒呢

>> 活生生的印加城市

离开Pisac，到了另一个印加古城Ollantaytambo，海拔2 800米，这里是库斯科和马丘比丘的中间点，距离前者65公里，距离后者75公里。

这个圣谷的最重要城市，号称是“活生生的印加城市”，这里不像首都库斯科，被西班牙人大火焚毁。反而700年以来，一直有印

小城的规划，均是印加国王的功劳

加人居住并保留了印加时代的市容，例如不到一米宽的小巷、小石屋、鹅卵石小路、两边的净水沟和污水沟，均建于印加时代。

小城垂直四条街，平行七条街，中央有广场，均是印加时代最伟大的君主帕查库蒂（Pachacuti）国王的良好规划。一边是农地，一边是Temple Hill（神庙山），上面有一个依山而建的太阳神庙。

沿印加人的石梯，是一层一层的巨石铺的平台，比楼梯宽很多，原来是当年作宗教用途的表演场地。

>> 印加巨石之最

走上人潮涌动的石梯，爬到最高的太阳神庙。这间太阳神庙尚未完成，但已拥有号称“最大的印加巨石”，高达3米，宽1.5米，重

爬上石梯，山顶就是太阳神庙

约90吨，共有6块，称为Wall of the Six Monoliths（六巨石墙）。

导游解释，巨石由四公里外的对面高山采下后，用石柱滚动多个月（或经年）才能到河床，然后搭桥，过河，人力拉运上山。现场打磨，由于印加人没有发明铁器，处于石器时代的原住民又用了很多年的光阴和人力，估计用了无数吨的河沙和水，才会打磨出这么平滑如镜的门柱。我不禁感叹，用沙子打磨几十吨的巨石，并用无数磨好的巨石建成一个城市，和千万个“铁杵磨成绣花针”有什么分别？

导游解释，何为印加巨石和前印加巨石的区别。印加之前，很多南美文明已经会使用石斧切割巨石后堆成建筑物，但是印加人发明了“巨石榫卯结构”。

>> 印加巨石是怎样磨成的

印加人将石块拉到工地后，不像先人用红土泥浆填满缝隙就算了。他们发明了我们今天配钥匙的方法，将两块巨石先叠压在一起，中间用木杠垫隔。然后，工匠们用一根竖立的小木棒在上下两个表面间前后左右移动。如果木棒受阻，就是遇到不吻合的部位。工匠就用石头工具，打磨掉突起部分。这样不断重复、修整、磨合，最后两块巨石间不是180度平坦，而是一凸一凹地吻合。这就是建筑上的最高境界——榫卯结构。中国的木结构建筑使用了榫卯结构，屹立千年不倒。而这是更高难度的巨石榫卯结构！多少级的地震也撼不动它。

最后，就是打磨功夫。工匠使用河沙和河水，人工打磨巨石表面，工工整整，如同砌成。

虽然太阳神庙尚未完工（一说是因为西班牙殖民者已经杀到），巨

六块至今发现最大的印加巨石

石上却已经雕刻了宗教图腾。这是师承自蒂亚瓦纳科文明（Tiahuanaco，玻利维亚边境的前印加文明），所谓“安第斯三层境界”：最上层是“Hanan Pacha”（天堂），中间是“Kay Pacha”（人间），最下层是“Ukhu Pacha”（地狱）。在这里很多纪念品、首饰上面，都有这个楼梯形状的图腾。

>> 印加人的秘密

咦，慢着，对面山上怎么好像有个人像侧面？原来，这也是印加人的秘密。每年冬至6月24日（印加历法的新年），太阳刚好由山后射到这个印加人的侧面，完全看不见人像，代表太阳神和印加人每年一次的“天人合一”。

我问导游怎么发现这个秘密的？因为印加没有文字，当然就没

这个粗犷的线条，就是印加的守护神Wiracochan

这个城堡高高耸立在山巅，易守难攻

有记录。印加人有自己的语言，可是却没有一套文字系统，印加人利用结绳记事法来代替文字，这就是所谓的“奇普”。

人像在山上很隐蔽，没有人指点，是看不出来的。导游说是因为在对面山上发现一条人工开辟的路，还有绳索和石斧等工具，估计山石上先被挫出洞，用游绳挂着工匠，去进行印加式的“愚公移山”。

对面山腰上，还有另一个更明显的雕像，有些粗犷的Wiracochan侧面像，它是前印加文明已经开始崇拜的守护神。到了印加时代，它就被雕刻在山上，保佑Ollantaytambo的人民。可能是这个原因，这个城堡成为反西班牙的重要堡垒，库斯科和Sacsaywaman沦陷后，这里成为印加人反对西班牙殖民者的“临时首都”。1536年，最后的印加王Manco Inca在这里和西班牙殖民者打了唯一一场胜仗，就撤退到森林之中的迷城Vicabamba。1911年美国历史学家海勒姆·宾厄姆为了寻找这座最后的印加森林迷城，意外地发现了马丘比丘，这是后话。如果大家对Vicabamba有兴趣的话，可以参加四日的印加古道行山团，会经过该遗址，但远远没有马丘比丘雄伟。

Ollantaytambo是印加古道的起点，如果参加四日印加古道行山团，就在此开始步行上山，用四至七天时间，走羊肠小道，攀山涉水，在导游和挑夫陪同下，向马丘比丘进发。一共有四条路线，由33公里起，很受背包客欢迎。自认时间充足、体力超人的朋友，可以一试。

>> 马丘比丘的观光火车

我等懒人和团友们分手后，就下山去Shopping（购物）了。在Ollantaytambo市集见到一些精美的手织布画，买了一幅，25新索尔，

由市中心去火车站，就是靠这种Tuktuk

服务生派送饮食。留意，不是售卖

到达火车站了

秘鲁最漂亮的观光火车外的山脉景色

又买了一幅Alpaca的，60新索尔。

坐上1新索尔的Tuktuk，去Ollantaytambo火车站，坐上开往马丘比丘山下的热水镇的观光火车（Vistadome）。这列观光火车是秘鲁最漂亮的列车，连秘鲁铁路局也是用这列火车的相片作头版。

一等位车票单程收46美元（来回为77美元），包在团费里。车厢十分豪华，头顶有偌大的透明观景窗。火车在圣谷的河流旁逆流而上，举头尽是高山，可以看到云雾之中的雪山，不时见到河对岸的印加古道。穿着整齐制服的服务生，端上来免费供应的三明治和饮料，感觉像坐飞机！

1小时45分钟的车程，左边是山沟、河流，右边是山峰及远处的雪山，十分写意。看看那些平和善良的印加人后裔，在山中生活的，追逐我们的列车要食品的，没有国仇家恨。因为今天的秘鲁旅游业是南美最发达的，不必提五千多年的前印加文化，单单是近在三个世纪（13世纪至15世纪）的印加文化遗址，已带给他们源源不断的外国游客，令他们可以比邻近国家（如玻利维亚）更富足。

对面山上不时有整道的印加城墙、石子铺的印加古道，由山下的库斯科到山顶的马丘比丘，这就是几百公里的印加古道。印加相对于其他的文明，如埃及、印度、吴哥窟、希腊，多了一份悲剧感，因为自从太阳神之子印加王带了数千随从被150人的西班牙入侵者生擒处死，一夜之间，这个横亘南美的最大帝国就戏剧般地瓦解了。

山中气候一日数季，刚刚还26℃，太阳普照，只穿T恤。一下子就起风了，要穿外套，只有十多度。晚上更如寒冬，只有2℃，要穿毛衣了，冻到发抖。

傍晚6点钟，火车抵达终点站热水镇。

>> 夜抵热水镇

Aguas Calientes，又是一个难发音、难记的西班牙语地名。*Lonely Planet*中文版译为“阿瓜斯卡连特斯”。

其实，Aguas意即水，Calientes意即热，因为这里很早就发现了温泉，所以中文意译应该为“热水镇”，是否好记又好读呢?

另一个名字更加容易明白，热水镇又名“马丘比丘镇”（Machu Picchu Pueblo），前往马丘比丘的火车终点站就是这里。

位于世界级的景点马丘比丘三公里外的山谷底，热水镇的一切都是为了山上的马丘比丘而修建的。云集来自世界各地的想一早上山朝圣的人，这里是秘鲁全国物价最高的地方，由于位于谷底，到了雨季，河水泛滥，道路冲垮，房屋倒塌。平时我们在电视新闻中

如果不想吃团餐，大街上有很多比萨店

经常看到“马丘比丘水灾，游客被困”，但马丘比丘位于2 300米的山巅，何来水灾？其实，新闻指的正是这个热水镇。

住在这个小镇的游人，以自由行和本地团为主，都是为了天未亮趁外国旅行团大军（一般在中午）杀到之前，就上马丘比丘享受天空之城的宁静一刻。

出了火车站，就有SAS旅行社的人来接我，带我前往车站对面的旅店，叫Hostel Viajeros ，是一个旧式木屋，包在团费中，环境一般，不能要求太高，但位置超方便。

小镇有条酒吧街，晚上很热闹。旁边有个很大的市场，吃完饭可以逛逛，但东西真的颇贵。为了第二天上马丘比丘时拍摄使用，我还是用45新索尔，买了一个彩色的Parka披风。

回到旅店吃饭，餐费包在团费中。同桌的三个加拿大人，本来是参加了“四日印加古道行山”（一点也不便宜，每人540美元起），但中途有高原反应，结果要进医院，出院后再坐火车才来热水镇。看来，我不选择爬山，是明智的决定呢！

>> 夜晚巡游

饭后，出去散步。三分钟步程外，是市中心广场，广场中心是铜制的帕查库蒂像，他是印加的第九任君主，东征西讨，定都库斯科，大兴土木。下午参观的Ollantaytambo镇，也是他修建的。印加一共有13任国王，以他的文治武功最为著名。前方下面有一个印加母亲的雕像。

对面是一间很宏伟的天主教堂。虽然天已黑，却刚好遇到圣母像出巡。数名印加妇女抬着一米高的圣母像，一边走一边唱圣诗，走到一个街市！菜贩们都大放鞭炮迎接，然后放在菜市场后面的空

半夜10点，圣母要出巡了！

身后就是最伟大的印加王帕查库蒂。

游到街市后面，大家就开始仪式

地上，菜贩们很虔诚地每人手持一束百合花来供奉，然后就准备开始唱圣诗仪式。

忽然，有人抬出一条木板凳，令我意想不到的是，是为我这个不速之客而设的！受宠若惊的我刚坐下，就有数名印加妇女拿出手机来，示意想和我合影！哇，我今晚成了亚洲来的大明星！她们的手机又薄又新，证明她们的确是因为旅游业兴旺而致富了。

虽然大家鸡同鸭讲，语言不通，但她们的热情好客令我着实睡了一个好觉！

旅行小贴士

餐饮

热水镇市中心广场附近有很多餐厅，卖比萨的最多。一份套餐的价格只要数美元。

马丘比丘上面什么都没有，连公厕也找不到。大门口就只有那间超贵的酒店。

所以，要么就在山下把早餐吃饱一些，要么就午餐时间下山去吃。还是不要污染圣城，不要妄想野餐之类。

新大陆、新知识

印第安人、印加人、盖丘亚（Quechua）人

印第安人

这个名字是哥伦布先生惹出来几个世纪的祸。他到死的那一天，都认定他发现的新大陆就是印度（很明显，他低估了地球的直径）。所以，他称呼所见到的新大陆的原住民，统统都是“印度人”（Indian，西班牙语为indios，因为近代indios被视为种族歧视，改称为indigenas）。

对不起，Pisac市集的盖丘亚小女孩！因为你家大人都不喜欢游客镜头，我唯有向小孩下手了！

可爱的盖丘亚小男生，在圣谷售卖1新索尔一个的陶笛，我当然解囊支持啦！

后来，葡萄牙人经过非洲，发现真正的印度，只有叫真正的印度人为“东印度人”，而称美洲原住民为“西印度人”，汉语翻译时直接把“西印度人”这个英文词翻译成和“印度人”不一样的“印第安人”，但这个称呼一点也不准确和科学。

这些美洲原住民和印度压根儿一点关系都没有。殖民前美洲原住民总数约1 400万—4 000万，共约有160种语言，1 200种方言。历史上美洲曾出现过数十个文明，最著名的文明包括墨西哥的玛雅、阿兹特克，南美洲的印加。印加人的真正名字，是盖丘亚人。

盖丘亚人

泛指南美洲讲盖丘亚语的原住民，约有1 000万人，主要分布在秘鲁、玻利维亚、厄瓜多尔、智利、阿根廷和哥伦比亚六国的安第斯山区。他们很大一部分是500年前印加帝国的后裔。

盖丘亚妇人织的花裙十分漂亮，我有朋友买回来当民族服装穿着

印加是南美洲一个最著名王朝的名字，我在文中称呼途中遇到的盖丘亚人为印加人，如同称呼中国人为唐人一样，方便大家记忆。但是，原住民正式的称呼，应该仍然用Quechuas或Quechua people。

盖丘亚人最为集中的国家是秘鲁，达320万。第二是玻利维亚，达220万。

盖丘亚语

盖丘亚语原本是一种方言，随着印加帝国在14世纪的扩张，成了南美安第斯山区的通用语。盖丘亚人没有书写文字，只用结绳记

盖丘亚妇人都喜欢头戴毡帽、扎着长辫子，
用一块布绑起全部家当

身穿传统服饰的盖丘亚妇人

盖丘亚人绝对是秘鲁的旅游亲善大使，你看！

事。现代的盖丘亚语和西班牙语严重混合互借，如同日文和中文、英文的关系一样。库斯科源于盖丘亚语的发音Qosqo。

我个人直觉，盖丘亚语和中美洲更古老的玛雅语一样，和亚洲语言更接近。例如，盖丘亚语中称呼小童是Wawa，这不就和汉语的“娃娃”一模一样？

盖丘亚语现在仅被两个南美国家列为西班牙语以外的法定语言，分别是盖丘亚人最多的秘鲁，和第二多的玻利维亚。

第一个盖丘亚人做总统的国家，也是秘鲁。2001年，盖丘亚人亚历杭德罗·托莱多（Alejandro Toledo）选择了在祖先的神庙——马丘比丘，举行总统就职大典。

现在（2012年）的玻利维亚总统埃沃·莫拉莱斯（Evo Morales）也是讲盖丘亚语的土著。他2006年即位，是该国自西班牙占领之后的470年来第一位土著总统。他本是艾马拉人（Aymara），15世纪中期，艾马拉人被印加人征服，艾马拉人被迫向印加人交税，改信印加宗教，改说盖丘亚语。

10

PERU

沉睡四百年的太阳神处女

“她的美艳，令我呼吸困难。”感觉和陶渊明发现世外桃源一样，这是1911年偶然发现这个被人遗忘了四个世纪的印加圣城时，美国历史学者海勒姆·宾厄姆的话。他一口气拍摄了数百张照片。1913年，《国家地理杂志》用了整个四月刊来介绍马丘比丘，迷城从此扬名国际。

1911年，中国刚刚结束2 000年的封建帝制，扬名后的宾厄姆著成《失落的印加城市》，一纸风行。这是1839年发现墨西哥的玛雅迷城帕伦克的斯蒂芬斯著成《尤卡坦旅行记》（1843年）后68年，最令世人震撼的考古发现。

>> 晨光中的神仙居所

第二天凌晨5点钟就出发。为什么这么早？因为到了中午，大量当天来回的旅游团就杀到，马丘比丘就会人声鼎沸、人满为患。为享受这个圣地清晨宁静的日出，我决定4点就起床。在旅馆吃了简单的早餐后，5点钟飞奔到了楼下的巴士站，想不到黑压压的已排了过百人！原来很多自由行的游客都像我一样想早些去朝圣。SAS旅行社的导游也来了，5点半上山的首班巴士开动，向山上出发。

天慢慢放亮了，才发现上山公路的一旁是青山绿水，白云缭绕，好一派神仙居所的景象！虽然努力压抑兴奋的心情，但一想到马上就能亲眼见到魂牵梦绕三十年的情人，我的心跳还是越来越快。

我特意穿上前一天晚上在山下买的彩色Parka斗篷（西班牙语名为Poncho，盖丘亚语为Punchu），入口处的职员叫我脱下来！原

仙雾弥漫，山谷中有蜿蜒的Vilcanota河

因太搞笑，他是担心我在园中和游客合影收费！进门时我脱下来，进去后又穿上，没人理会了。经过林间小路，走上山路，约10分钟，眼前豁然开朗。

我去过众多中美洲玛雅古城，都没有马丘比丘让人视觉震撼。因为玛雅很多古城保存完整，但印加古城如库斯科已经被西班牙人摧毁殆尽，马丘比丘有唯一性。

第二个震撼人心的原因是地理因素。玛雅古城建筑于雨林之中、平原之上，所以要以金字塔的形式接近太阳。唯有马丘比丘建筑在2 280米的高山之巅，施工难度、运输难度，令其独树一帜。

>> 遥望睡公主

晨雾之中的马丘比丘，尚没有一个游客践踏，像几百年前一样沉睡着。看着床上的熟睡公主，总觉分外妩媚动人。我们这些早到的百多位游客，好像有共识一样，都站在对面的梯田和“看守人塔”旁，

建筑物都没有了横梁、草顶，但石墙保存完整

梯田上面，有个“看守人塔”，是一间复原了的草顶石屋

宁静地远眺这位太阳神的处女，连山间白雾也温柔地为她盖上了一层软被，不忍唤醒她。

我所在的梯田上还有很多位“临时记者”，它们是看护马丘比丘的羊驼，对我身上的Alpaca织成的Parka十分有兴趣，不时走过来闻。

对面这个小小的山顶上，错落有致地用巨石修建了143座建筑物，由3 000多级石梯连接。年久失修（没有人为破坏），建筑物都没有了横梁、草顶，但石墙保存完整。城边就是梯田，由石头垒砌的护堤，高约3米，长有100米。所有建筑物都好像是新的一样，因为马丘比丘只使用了90年，就被印加人废弃了。

这座圣城的原名，已经湮没在历史的迷雾中。Machu Picchu只是山名，意即旧山。中文翻译得很好，两个“丘”字，一个“比”

能看见印加人的侧面吗？下巴、鼻子？

字，暗示了这座城市和“比丘尼”一样含有宗教意义。

白雾时来时去，一会儿，马丘比丘后面的“新山”轮廓现出了，是一个仰望天空的硕大无比的印加人侧影，而他的鼻子正是山的最高峰“瓦讷比丘”（Huayna Picchu，意思是新山）。额头向右，下巴向左，嘴唇也清晰可见，鼻子正前方就是马丘比丘。天成乎？人造乎？似乎都不重要了。但它几个世纪来守护着这位睡公主，却是十分称职的。

>> 漫游天空之城

走过太阳门，就正式进入了马丘比丘。重会我的SAS导游，怎知她的身旁又多收了两名游客！

印加人是很早的环保分子，他们建城也不破坏环境，所以，迷城仍然是乱石处处

马丘比丘分为由神庙、王宫等组成的上城区，以及由民居、商店、仓库等组城的下城区，中间是绿草如茵的神圣广场。143座建筑，俱为巨型花岗石砌成，石块之间结合紧密，不用任何黏合材料，天衣无缝，经过几百年多次地震山洪，丝毫无损。至今还没有人明白印加人是如何将重达20吨的巨石，由30公里外的采石场，搬上马丘比丘的山顶的。因为印加人认为自然界和石头是神圣的，所以他们并不开山劈石，而是在采石场找零散的大石加工而成。

什么时候开始农耕？什么时候开始播种，才能有最好的收成？

印加王和他的神职人员在这里观察太阳的运行，研究季节的转换，通知国民最佳的农耕季节。印加的四个重要时节为春分、秋分、夏至和冬至。

>> 上城区

太阳之子，第九任印加王帕查库蒂于1440年修建了这个圣城。他每年冬天由库斯科出发，经由印加古道，前往马丘比丘，进行太阳神祭祀，类似中国皇帝的祭天。祭祀的主要场所，就在上城区。

太阳神庙、三窗庙、主神殿（拴日石），是上城区最主要的三个神庙。

整个圣城唯一的圆形（更准确地说是马蹄形）建筑，就是供奉主神太阳神的。这是一座三面围墙一面开放的建筑，巨石为底，中央是一座巨石祭坛，内设一个特别的窗户来吸纳冬至时的阳光。不能进入，但可以由外面一窥。神庙下面有天然的岩洞，被称为“王室坟墓”，不过没有发现过木乃伊。岩洞均不得进入。

三窗庙，因为三个由巨石叠成的大窗而闻名。特定的节庆时，阳光会准时从窗中穿过，射到神圣广场上。光欣赏其石块的完美打磨和镶嵌，就是一种享受。

太阳崇拜是印加文化的中心。马丘比丘最高处就是“拴日石”

三窗庙的巨石，完美镶嵌，分毫不差

就靠你啊，就拴住了太阳！

主神殿是一座小山坡

太阳神庙是全城唯一的马蹄形建筑，冬至这天，阳光会正射入小窗内

（Intihuatana），或是“日晷仪”，所在的小山头称为主神殿。

爬上一百多级石阶的小山坡，是一处平坦的土地。中央有一块巨大的“拴日石”，这是用山顶的岩石刻成一个高两米的平台，四角指向四座神山，中央是凸出的石柱，用来标明太阳的运行，计算一天的时间和季节，来决定宗教活动，并象征性地捆住太阳。

印加人的新年由6月21日冬至算起，一年12个月，每月30天。由于印加人相信自己是“太阳之子”，他们又杞人忧天，担心太阳有一天会离开，所以用这个巨大的拴日石牢牢地绑住太阳。每年秋分和春分的中午，阳光会垂直照射在石柱上，不留下任何影子，象征太阳已经被拴住了。

这种“太阳可能会不再升起”的宗教意识，来源于历史更久远的中美洲文明。公元前200年，墨西哥的特奥蒂瓦坎（Teotihuacan）日月金字塔，就率先使用活人牺牲献给太阳，以血淋淋的人心喂食太阳，保证太阳明天有力气升起。这种担心一直延续到玛雅和阿兹特克，当然，也南传到秘鲁。

>> 下城区

下城区有几十间石屋，排列紧密整齐。六条巷子，每条只有一米宽，两边皆是一间接一间的四四方方石屋，屋顶是金字顶，方便泄流雨水。输水道保存完整，至今仍然有清澈见底的泉水，源源不断。

石屋的石头，相比于上城区的神庙，略为粗糙，没有怎么打磨，就这么一个一个原石堆砌而成。下城区中有一部分是专属于贵族们的，据说Amantas（智者）们的住宅有红色的墙（但已经完全褪色），Ñustas（王子）们的住宅则有着梯形的房间。除了住宅，这里还有作坊、一个小监狱。

唯一属于平民的神庙，是下城区的中心——神鹰庙（Temple of Condor）。

如果不是导游介绍，我还以为两片向天伸展、没有支撑点的巨石是天作，其实是人加工后的神鹰双翼。在两块展翅高飞状的巨石上，加上了很多小石头，形成神鹰飞扬的气势，我目测一翼有7米

下城区的巷子很长很窄

女导游一边介绍比翼双飞的神鹰庙，一边藏身于阴影处。原来，印加女士也喜欢美白啊！

屋顶均做成金字顶，方便泄流雨水

高。在神鹰庙的背后，有木乃伊的石龛。这里发掘的173具尸骨中，150具都是年轻女性。

马丘比丘并不是一座普通的城市，而是“太阳神祭典之城”，宗教、天文、祭祀是这座圣城的主要活动。每年全国各地选出的年轻美女，被称为“太阳神的选女”（Mamacunas），类似今天的修女。一般由13岁选中后，在首都库斯科学习天文地理，所以都年轻貌美、知识丰富、修养深厚、终身不嫁，奉献给了太阳神，在马丘比丘这里沉睡终老。其他的男尸是祭司。能够埋葬在这个接近太阳神的圣地的，都不是平民百姓。

>> 城外种梯田

后人估计，马丘比丘高峰期有2 000多名神职人员居住。他们都不事生产，那么，大家吃什么呢？靠奴隶种梯田。

除了城内的宗教建筑，在城外600米高的悬崖绝壁上，印加奴隶

开山辟石，以作良田。看着都心有余悸，何况要在悬崖上耕作！

屋檐下可见的凸点，原来是用作绑木头作横梁的

奴隶们的农获，就放在梯田上的粮仓。这是复原后的粮仓，很有童话感呢

们开垦了很多层的梯田。安第斯山区山多地少，印加人就靠发明这种高山梯田，增加了耕地，种植马铃薯、番茄、玉米、辣椒，彼此贯通的水沟，引来雪山上的水，种出大量农作物，使印加帝国强盛富裕。

梯田上有座“看守人塔”，已经复原了一间间的茅屋，这里原本是粮仓。我仔细观察，才明白印加人建的屋子设计巧妙。石墙顶到处可见的凸点，供绑木头用作横梁，上面再盖茅草。

>> 弃城和重见天日

1533年，库斯科沦陷。太阳之子印加王在库斯科的广场上被西班牙人公开绞死。可以想象，这对印加人的打击史无前例。印加贵族们主动放弃了马丘比丘，将神龛中的纯金神像带到了印加人的发源地——的的喀喀湖，并且将之全部沉入湖底，代表印加人由湖中来，到湖中去。

的的喀喀湖晶莹剔透，传说湖底埋葬了印加人的无数宝藏

从一百多年前刚刚发现马丘比丘时的黑白相片可见，当时满地都是文物。现在除了石墙，就只剩一个拴日石了。我猜，如果不是那么巨大笨重，宾厄姆应该连拴日石也搬回了美国

宾厄姆因为发现马丘比丘而一举成名

在库斯科抢劫到大量黄金的西班牙人及其后的探险队，一直寻找印加王的另一座祭典圣城，但是一直无所得。印加人的后裔保守了这个深山上的秘密400年。

1911年，美国耶鲁大学研究拉丁美洲历史的年轻助教海勒姆·宾厄姆来到安第斯山寻找印加人最后的堡垒，森林之中的迷城Vicabamba。他在库斯科时，一位当地大学生吉赛克（Albert Giesecke）告诉他，在乌鲁班巴河畔的印加农民知道一座不知名的印加古城的位置。7月24日，他一个人骑着骡子，投宿在乌鲁班巴河畔的印加农舍，农民阿特加（Melchor Arteaga）果然告诉他，崇山上面有一座没有人住的废墟古城。第二天清晨，他在农民儿子的

印加人其实一直都知道马丘比丘的存在

这位就是第一个告诉宾厄姆迷城位置的库斯科大学生Albert Giesecke

带领下，披荆斩棘，终于登上了山顶，成为400年来第一个发现此地的白人。但他也承认，可能之前已经有白人到访，例如他在地上发现刻有西班牙文“Lizarraga 1902”的字样。

第二年，宾厄姆得到美国《国家地理杂志》的赞助，率领考察队重回马丘比丘，经过一年的发掘整理，使埋藏在杂草中的古城重见天日。这座古城由于湮没在历史中400年之久，早已没有了名字，宾厄姆经过判断，这里不是印加人最后的堡垒Vicabamba，他就以这座山的名字“马丘比丘”命名这座失踪400年之久的迷城。1913年，《国家地理杂志》用了整个四月刊来介绍马丘比丘，迷城从此扬名国际。宾厄姆成了现代版的“印第安纳·琼斯”，之后连接库斯科和马丘比丘的铁路，也以他的名字命名。

但大家也不要太过崇拜这位仁兄。他的成就其实备受争议，秘鲁人称他为“谎言家和强盗”。因为1911年他从马丘比丘“借”走46 000件古文物回耶鲁大学“研究研究”，结果有去无回。秘鲁政府向耶鲁大学追讨多年，对簿公堂。后来美国总统奥巴马出面，亲自向耶鲁大学进行道德劝说，终于在2011年耶鲁大学让步，愿意归还第一批总计366件文物，这些文物于2011年3月30日运抵秘鲁总统府。其余定于2012年前全部送返秘鲁，在库斯科博物馆永久展出。

>> 山中方一日

除了是观光胜地，这里还是追求精神、心灵觉醒的新世纪（New Age）运动者的一个具备高能量的圣地。所以，很多身穿白色衣服的欧美心灵团员，围在神圣广场歌唱，也有人在崖边打坐。

不过，我的这个导游十分差劲，英语讲得十足像西班牙语。她中途自己多收了两个团员，又一早闪人。我估计SAS旅行社也将我像卖猪仔一样卖给她，不能要求太高。

凌晨6点到马丘比丘，不知不觉逛了5个小时，已经走了两圈，因为一公里长的古城也不大。这里不同于其他旅游胜地，不但没有任何旅游服务设施，如洗手间、餐厅、商店等，晚上更没有热闹的激光秀、民族舞蹈表演、BBQ晚餐等。中午阳光直射，很热，拍摄光线也不好。旅行团一车又一车杀到，我决定不去登后面的新山（山顶也可以俯视马丘比丘），反正早晨在“看守人塔”已经鸟瞰了古城。

坐7美元的巴士下山。每天日落后，全部游客都必须离开马丘比丘。整个景点连一个街灯也没有，天黑之后就是死寂一片。人走后，

山上还有野兔

再见，天空之城

这里就还给了神灵，恢复成为几个世纪来都属于太阳神处女和祭司们的神圣的马丘比丘。

当我离开马丘比丘时，见一个女孩子在“拴日石”后面的悬崖绝壁上世外高人一样地打坐，夕阳将她的身影拉到后山。我拿出相机，拍下她的背影。但回去看相片时，却只见空谷和一株凌空怒放的紫色野生兰花了。

山中方一日，世上已千年。

她是五个世纪前的“太阳神的选女”，现在仍然花样年华，不倦地侍奉着“拴日石”上方的太阳神。

在车上，我想起拉丁美洲最著名的诗人、来自智利的聂鲁达曾经写的长诗《马丘比丘之巅》：

我看见石砌的古老建筑物镶嵌在青翠的安第斯高峰之间。
激流自风雨侵蚀了几百年的城堡奔腾下泄。
……
在这崎岖的高地，在这辉煌的废墟，
我寻到能续写诗篇所必需的原则信念。

>> 热水镇巧遇美女

半个小时后回到热水镇，在Pachacuter大街上，找到一间叫Q’eros的餐厅，全部午餐套餐都是15新索尔，包括前菜、汤、主菜和饮料。在消费奇高的热水镇，算是十分相宜的呢。

坐在向街的阳台上吃了一半，忽然看到一队人马穿着戏服经过。一问，原来是巴西的电视台来拍摄节目，我和性感漂亮、高头大马

性感如火的巴西女郎

这座热水镇的地标木桥，经常在水浸的新闻中出现

的白人女主角来了一个合影。

Pachacuter大街的尽头，就是热水镇唯一的名胜，赖以得名的温泉。饭后走过去看一看，温泉样子很残旧，像是20世纪50年代内地的公共泳池。早被日本花样百出的温泉惯坏的我，立即放弃了。

逛一逛火车站前的市场，东西真的颇贵，也难怪，这里集中了南美洲最多的海外富裕游客，例如日本人。小镇本来阳光普照，忽然又下起大雨，这里的天气变化得很快啊。庆幸没有留在空旷的马丘比丘淋雨！于是我打道回府，回旅馆午睡。

>> 夜回库斯科

坐晚上6点整的火车离开热水镇，但是和昨天的观景头等舱不同，这趟火车是本地人平时坐的普通车厢，很挤迫的座位，大家面对面、脚对脚而坐。我估计，是因为我将这个两天旅行团费用讲价便宜了20美元后，SAS旅行社将货就价，将回程买了便宜票。嗯，从天堂回来了！

更惨的是，火车到了终点站Ollantaytambo后，从车站出来，却

回到前一天那间餐厅，吃了一个比萨

没有预定的SAS的人来接我，再换车去库斯科。我来来回回找了很久，其他旅行社的人都跑光了，唯有自己去找长途巴士站，花10新索尔买票，一个人回库斯科。在巴士上买了一个热腾腾的白玉米，两个半小时后就回到了库斯科。

库斯科仍然很冷，途经前一天的那间广场餐厅，吃了一个比萨，就回旅馆Hostel Marani了。

旅行小贴士

防蚊水

马丘比丘山上，有很多类似小蚊子的飞虫。导游叫我喷防蚊水，但我没有理会，因为当时根本感觉不到。但几天后，皮肤长出很多蚊蚋叮咬的小包。所以还是早喷安全些。

餐饮

由于马丘比丘景点内什么都没有，建议大家进场前早餐吃饱一点，但不要喝太多水，因为景点内没有洗手间！午餐可以在热水镇解决。

新大陆，新知识

神游印加殿堂

印加文明，是以生死轮回、严格宗教信仰为基础的社会。印加人没有金钱观念，平均分配土地收成。印加人相信，不偷窃、不说谎、不懒惰、敬拜神，就一生无忧，得升天国。要敬奉的主神有三位，以及很多自然界的神灵。

只靠旅行社的简单早餐，很难支撑到中午。建议自带干粮。

太阳神

这是主神，印加人兴建了很多太阳神庙，挑选了“太阳神的选女”供奉它。印加国王称呼自己为“太阳神的儿子”，崇拜太阳神为“太阳父亲”。印加人非常崇拜祖先，他们认为自己的祖先曼科·卡帕克就是太阳神。

身后的大圆盘上，就是太阳神

创造神

帕查卡马克（Pacha Kamaq），类似我们的女娲，创造了人类，从海里以鱼人的形态出现，被称作“制造大地者”，同时是预言地震之神。帕查卡马克的任务就是给予从大地上出生的所有生物以生命和活力，在印加人心目中，帕查卡马克不会显形，不会出

创造神的形象，后人唯有靠想象了

现，是一尊无法触及但所有人又都相信其存在的神。一般不对他进行什么祭祀仪式，只是用它的名字称呼国王。

守护神维拉科查（Wiraqucha，或拼作Viracocha）

维拉科查的神像用大理石或黄金雕成，在Ollantaytambo的山上，也有它的雕像。据说，神像的头发、肤色、五官、衣着极像白种高加索人。16世纪当白肤浓须的西班牙人踏足印加王国时，印加人起初以为是守护神维拉科查回来了。印加传说中，维拉科查曾许诺，总有一天它将会回来。这个情况，和墨西哥的阿兹特克人初遇西班牙人一样。

印加古城Ollantaytambo山上雕的，也是这位维拉科查

除了崇拜三位主神、先王的木乃伊，印加人的生活中还有各式各样的生活神。

食物

人类最重要且丰富的食物来源是海洋和陆地，能够取之不尽、用之不竭，要感谢海洋之母（Cochamama）和大地之母（Pachamama）两位女神。大地之母帕查玛玛在各地受到尊崇，印加人认为太阳神透过它的光芒，让它的妻子帕查玛玛孕育果实，万物才会滋生，印加人生活才会丰饶富足。

师承中美洲宗教，印加人也崇拜两种主食：玉米神、马铃薯神。

自然界

雷神能降雨，被描绘成手持投石器和狼牙棒的武士，星神是保护羊驼等动物的神灵。

太阳贞女

现存的所有印加神龛，均空空如也

印加全国都有太阳贞女宫，以库斯科的最为崇高。库斯科有1 500名以上的贞女，负责太阳神庙日常礼仪。她们的血统必须高贵，出身贵族，而且是处女。新入宫的贞女，由名为“玛玛库纳”的成年女子教授。她们学习纺织，织成的华丽衣服，每年太阳节时，都烧给太阳神，代表太阳神穿上了妻子们织的华服。另外，她们要学习制作祭祀食品，包括“桑库”(一种面食)、“阿卡”酒，并守护神庙的圣火终年不熄。为了保护贞女们最重要的贞操，任何男人均不得进入贞女宫，连印加王也不可以随便进入。通奸是罪大恶极、诛灭九族的严重罪行，因为会令太阳神发怒。最高尚的太阳贞女，才有机会在马丘比丘终老。

11

PERU

入手安第斯黄金

今天将依依不舍地离开蓝天下温暖的印加古都库斯科，去南部海岸附近的荒野地方，叫纳斯卡。

由于那地方是荒野，没有机场，也不通火车，游客要由库斯科坐12个小时的通宵巴士，或由利马坐7个小时的巴士，经过世界上最干旱的沙漠。

但是，那么辛苦到这片方圆数百公里都荒芜无物的鬼地方做什么？

如同月球表面一般寸草不生的荒野上有很多神秘的沟渠，一直被人认为是古人的水利灌溉工程。50年前才被飞行员发现这些沟渠由空中俯视是超过100米的巨画，例如蜂鸟、蜘蛛等，被喻为“画给天神降落时看的巨画”。2 000多年前的原始人，怎样才能在茹毛饮血时期创造这些在现代飞机上才能看见的艺术品？话说回来，还是童年时的情结。在我小学时，妈妈给了我一本《读者文摘》的画册，讲全世界的未解之谜。这个神秘地画，引起了童年深信外星人存在的我的强烈兴趣。所以再辛苦也要去看看这个奇迹。

这就是著名的纳斯卡地画，或称纳斯卡地线。

>> 库斯科免费购物

今天的行程很轻松：上午在库斯科逛街购物，下午坐长途巴士去纳斯卡。

睡到8点半，库斯科强烈的阳光照醒了我。早餐后去广场上的SAS旅行社，投诉昨天的安排不当，包括马丘比丘的导游毫不专业，最重要的是昨晚没有按原定计划来火车站接我，要我夜晚自己去找

纺织中心内，有印加妇女现场示范

长途巴士回库斯科。旅行社职员承认错误后，最后同意赔90美元，我的心由昨天的极度不满，180度转变，变成冲上云霄。大型旅行社就是有这种保障啊！呵呵！

收了90美元，我马上去大肆购物庆祝！本来想坐巴士去Pisac市场，但来回要两个多小时，时间不足。于是决定在库斯科的太阳大街上购物。先去一个纺织中心（Center for Traditional Textiles of Cusco），这是一个非营利机构，位于太阳大道中间，有印加妇女现场示范如何用传统的织布机编织Alpaca毛布或颈巾。

>> 安第斯山脉的黄金

最值得购买的秘鲁纪念品，一定是“安第斯的黄金”——四种南美原生的美洲驼及羊驼毛Alpaca。由于它们之间大多可以杂交，样子又长得差不多，中文译名十分混乱。我在秘鲁请教了专家，回来又查询了很多数据和百科全书，才整理出了一点头绪。

秘鲁到处都有售卖Alpaca之处，由街边小贩到高级名牌店，毛衣、毛巾、毛毯等都有，图案鲜艳，色彩大胆，一看就是印加人的民族产品，和亚洲可以买到的各国纺织品完全不同。价格由几美元到过千美元都有，有真有假，其实，作为游客很难分辨，因为手感很类似。一个简单的方法是拉一条线出来用打火机烧，如果有化学品的人造纤维会有焦味，而且结的焦不能搓散。反之，恭喜你了，你买的就是天然的Alpaca。

库斯科最大的手工艺品市场叫Centro Astesenal Cuzco，位于太阳大道和Tullumayo大街的十字路口。市场价钱和Pisac市场也差不

这些Alpaca帽子，两三美元一顶，做纪念品也不错

太阳大道有一家邮局，我也寄了一张明信片，邮费5新索尔，给自己！留意邮局的石墙，也是印加式的

每天都是好天，因为每天都有太阳神保佑！

秘鲁式木雕神龛，外围是镂空的洛可可式花边，中间放一张小小的天主教油画

多，比热水镇便宜50%左右。而且可以讲价，讲价后比Pisac市场还便宜呢。

我在这里大肆购物，买了不少我最爱的民族特色织物，其实每一样都不是太贵，但我太兴奋，总共用了500新索尔，结果超出了我收到的旅行社退款！

南美洲的宗教气氛比西班牙还要浓烈，虔诚的天主教徒不只是白人和混血儿，当地印加人对圣母的崇拜更加投入。这两天发现除了印加民族织物值得入手外，库斯科的宗教（天主教）用品也十分精致有特色。这里有很多宗教用品店，售卖的不是由外国进口的常见的大规模生产的东西，而是秘鲁独有的"南美式土生天主教手工制品"。游历50多个国家的我，当然一眼就看得出来，分辨Made in China的机器产品和Made in Peru的手工艺品。于是走回旅馆的途中，在一家宗教用品店买了一块木雕玻璃太阳镜子，60新索尔。后来，我带着这块巨大的镜子过美国海关时，被海关人员截停，从行李中拿出来研究了半天。这镜子长得像攻击性大杀伤力武器吗？

>> 烤鸡串烧大巡游

一阵烤鸡味传来，原来有家餐厅，门口有一个烤炉，热辣辣地，现烤现卖，生意很好，坐满了人，叫作Mario’s。我买了四分之一只鸡的套餐，8新索尔。如果是女孩子的话，可以考虑小一点的鸡腿套餐，4新索尔。

新鲜出炉，热辣香口，鲜嫩多汁，又够入味，加上四款调味料，简直欲罢不能！由于味道太好，吃完了又多买一份外卖，留待晚上坐车时享用。

广场上忽然人声鼎沸，人潮汹涌。我拿着热腾腾的烤鸡，走出餐厅看热闹。原来是小孩子在做天主教巡游。带头是六个身穿民族服装的小朋友，抬着一尊小小的圣母像。圣母穿着白底咖啡色织花

Mario’s烤鸡店的门面

排头的是西班牙式小童

印加装扮的圣母出巡了

的印加长袍，手持古柯叶。啊，圣母已经入乡随俗，成为印加人的保护神了。

小朋友的巡游队伍中有的穿西班牙服装，有的穿印加民族服装。有的印加服装是纯白色的麻布衣，好像中式的孝衣。五彩缤纷，小孩子扭来扭去跳个不停，很好看。后面跟着十多个大人的乐队，穿着蓝色制服，现场又吹又弹。轻松好看的大巡游，成为我饭后的甜品。

>> 巴士站卖面盆

回到Hostel Marani，和职员告别。SAS旅行社的职员下午4点20分准时来接我，他叫了一辆出租车，带我去库斯科长途巴士站。

位于市中心东南两公里的长途巴士站很大，有数十家巴士公司，职员像小贩般大声揽客。其实，如果不经过旅行社，大胆一点的朋友可以自行在这里购买长途巴士票。因为去一个地方，有很多选择。所有长途巴士公司都在同一屋檐下，又可以比较价格、出发时间。

我去门口逛了一下，巴士站外面有小贩贩卖一个一个巨大的面盆，直径超过两英尺（0.6米），原来是面包，是我们平时吃的菠萝包十倍大！只有巨人的血盆大口可以咬得下这么巨大的面包！

印加姑娘在大声叫卖巨型面包。我拍照时，姑娘羞涩地暗示可以同我合照，十分可爱。可能巴士要搭很久，什么食品都超大份。一个芝士饼大到好像两磅生日蛋糕一样，而且不能散切。就这么用牙咬吗？

我发现印加人都不喜欢镜头，躲避之余，有的还怒目相向。据

给巨人吃的巨型面包

闻，她们仍然相信摄影会“摄走”人的灵魂。但是如果表示和她们合影，每一个人都是欢天喜地的。所以，不要直接拍摄，而是有礼貌地直接问一句“Una Foto？”（来张照片？），就无往而不利了。

我选的这家长途巴士公司叫作CIAL，有车去纳斯卡之外，也有车去首都利马、阿雷基帕（Arequipa，秘鲁第二大城市），最远还到玻利维亚的拉巴斯。这家的车算是豪华巴士，全部直达目的地，中途不停站。服务人员都穿得像空姐一样漂亮。当然，人没有空姐那么年轻和纤细。两层巴士，内有厕所、电视、晚餐、饮料等。最棒的是设计了特别的“Bed Seat”，像航空公司的商务客位一样，可以放平座位，变成床铺，睡觉过夜。

SAS旅行社的人安排了我上车后，就再见了。他说到了纳斯卡，就有职员来巴士站接我。长途巴士站也是观察当地民生百态最佳的地方，因为即使去秘鲁的外国游客也甚少选择去纳斯卡，可能因为路途太辛苦吧。所以巴士站全是本地人，甚少我这种外国游客。

>> 夜车前往沙漠

晚上6点钟准时开车。经过市郊的十字路口，有一个巨大的帕查库蒂像，手持长矛，面向库斯科。记得他吗？他是印加最伟大的开国君主，东征西讨，定都库斯科，并大兴土木。

才开心了一会儿，开车10分钟就大塞车。原来，库斯科今天有天主教花车大巡游！啊，想起来了，中午我在广场见的圣母巡游，原来是这个大巡游的一部分。

印加最伟大的君主啊，你当年修建的首都，今天仍然在闪烁！

我很想下去拍摄巡游，但和司机谈了半天也不准许。因为安保理由，上车时已有工作人员用DV先拍下了每个乘客的样子，大家都不能中途上下车。做法和广东省的长途车一样，也是防止路霸打劫的安保方法。

幸好车上开始播放电影，只是听不懂西班牙语，服务小姐开始派发盒饭，是小小一盒咖喱鸡。好在我有外卖——美味烤鸡！电影完了，鸡也吃光了，终于开车了。椅子可以拉到180度平躺，长夜漫漫正好眠！半夜冷醒了，因为冷气太大。我在黑暗车厢中，居然摸到服务小姐放在车厢后座空椅子上的Alpaca毛毯。是人的求生直觉？

新大陆，新知识

安第斯的黄金

库斯科位于安第斯山麓。这个陆地上最长的山脉，被称作“南美洲脊梁”，整个山脉平均海拔3 660米，有许多高峰终年积雪。古代的印加人是怎样在这么寒冷的高山上生活的呢？

Vicuna比黄金还贵，比丝绸更滑，折起来可以穿过小小的指环

秘密在于“安第斯的黄金”——四种安第斯山原生的美洲驼及羊驼毛Alpaca。这四种高原动物，生活在海拔4 000米的高山上，其历史可以追溯到印加帝国早期，被原住民驯养超过6 000年。其肉可以食用，平时可以做运输工具，羊驼毛更是印加人主要的纺织材料，以其质量与色泽独一无二的特点而闻名于世，韧性为绵羊毛的两倍。日本人最早知道羊驼毛比羊毛更珍贵，目前是世界上最大的羊驼毛消费国，超过传统的欧洲市场。秘鲁现有羊驼300万只，占全世界总数的八成，而且限制出口。其中最昂贵的品种Vicuna，更在1994年被意大利奢侈品专卖店Lora Piana获得全球海外专卖权。向秘鲁政府交纳了高昂的投标金后，现在Lora Piana取得自然保护区管理及独家合法收集Vicuna的权利。

秘鲁Alpaca名牌店Kuna店角落的橱窗内，静静躺着外表平凡的三条纯黑的颈巾。这就是传说中的印加国王的御用毛料，超级柔软，整条可以穿过指环的Vicuna颈巾。这种世界上最昂贵的毛料，最细小的一条颈巾由2 000新索尔起跳，中码的3 000新索尔，大的4 000新索尔，一条看起来普通的小小纯黑颈巾，在这个人均年收入250美元的南美国家，就要半年的工资！嫌贵吗？我问过意大利奢侈品专卖店Lora Piana香港分店，最便宜的一条纯黑Vicuna颈巾，优惠价23 100港元，冠绝世界所有面料。

神之衣料

Vicuna颈巾，外表普普通通，没有任何花式，没有任何标识，甚至颜色也无可选择，只有平凡的天然黑色，仍然有价有市，成为过了炫富阶段的舍得花钱、懂得花钱的超级富豪再不需要身份象征的终极奢侈颈上富贵。冷暖自知，不为人道。因为每头Vicuna在两年间只能长出不到250克的纤细驼毛，平均每根直径只有12至13微

Vicuna个子最小，身上就是世界上纤维最细、最贵的毛料

米（顶级开司米则是14至15微米，1微米等于1/1 000厘米，而人类的头发每根平均直径是30微米）。现在Vicuna毛全年总产量不过5 000公斤，约是开司米（Cashmere）每年产量的0.05%，羊毛产量的0.001%，故称“神之衣料”（Fibre of the God）。

为什么那么珍贵？大家要了解一下秘鲁的黄金——Alpaca的分类和珍稀度。

Vicuna是野生的Guanaco和小羊驼的杂交，外形有点像绵羊，最早被人工驯养，个子最小，不到一米高。Vicuna毛是世界最贵的毛料，其光泽有如阳光，温暖柔软，所以古代一向是印加王专用。野生Vicuna到19世纪几乎绝种。其围巾超级柔软，折起来可以穿过小小的指环。现在秘鲁国内只有Kuna店，海外只有意大利名牌Lora Piana有售。

人之衣料

Guanaco，中文名为原驼、南美野生羊驼或栗色羊驼，个子比较高大，约一米高，肉桂色，也是受保护的动物，可供食用，毛可用于纺织。

Llama，中文名字为大羊驼、拉马、美洲驼或无峰驼，样子有点像马和骆驼的混种，约1.8米高，是南美最高大的原生家畜，是力量的象征，具有宗教的意义，除了秘鲁，玻利维亚也大量养殖。有多种颜色，供食用，也用于运输，毛可供纺织。

Alpaca，中文名字为羊驼、驼羊或阿尔巴卡，约1.4米高。它的毛是最大众、最主要的纺织用材料，它也是内地网民心目中的神兽"草泥马"。它的毛纤维很长，天然颜色很丰富，由黑色到白色都有。主要有两个品种，长纤维的品种叫Suri，织物光滑如丝。短纤维的叫

Llama的毛色有深有浅，用作纺织时一般会保持原色

Huacaya，比Suri便宜一些。

Alpaca也分很多等级。在名牌店Kuna，贵的Suri Alpaca围巾价格约500美元。短纤维的Huacaya分了三个等级，最高级的叫Royal Alpaca，次级的是Baby Alpaca，最普通的Alpaca100美元。

库斯科市区小贩卖的Alpaca分类简单一些，只有Baby Alpaca和一般的Alpaca，颈巾、帽子、手套的价格由几美元起，毛衣大约10美元。

秘鲁的Alpaca名牌叫Kuna，简直是当地的LV加爱马仕。除了库斯科和利马市区，利马机场也有三家分店。买不起过万元的Vicuna，

Kuna均产自秘鲁。现在于智利和阿根廷也开设分店，但我比较过，售价还是秘鲁最便宜

Kuna出品的保暖室内鞋。100% Alpaca，60新索尔，比小贩卖的贵很多。但不起毛球，十分柔软，保暖性好，陪我度过了多个冬天

也有数百美元的Suri Alpaca到最便宜的150美元的Alpaca围巾。店员都只会对你讲日语，因为日本游客最疯狂，一打一打地买。因为即使Kuna是秘鲁最贵的名牌店，价格也是欧日名牌（如Missoni，Zucca）的Alpaca制品的一半价格。

至于Vicuna这种“神的衣料”，一条颈巾2万多港元，一件薄毛衣4万多港元，一件外套20多万港元。我没有买过，但在秘鲁摸过。手感嘛，嗯，凝脂柔弱，滑不留手，细致娇嫩，吹弹欲破。

神兽出场！“草泥马”是也！

12

PERU

俯瞰小王子的星球

世界上的古迹，很多是挖出土的（如兵马俑），也有屹立不动5 000年的（如金字塔）。但只有一个世界文化遗产，一直在那里赤裸裸地躺卧了2 000年，没有人知道，因为没有人看得见。

创造这些图案的人，从来没有机会看一眼自己的作品。2 000多年后，人类终于学会了在高空飞行，视野不同了，大作才遇上第一个观众。这到底是什么奇异的古迹呢?

>> 2 000年史上第一个观众

1530年，西班牙殖民者穿越了秘鲁南部这片沙漠——纳斯卡，他们发现这里寸草不生，并无特别之处，没有停留就继续向南。

又过了400年，20世纪30年代，考古学家发现在纳斯卡的荒野有很多规则的沟渠，认为是古人的水利工程。这些沟渠深度约70厘米，宽度约3米。但这里没有田野需要灌溉。

1939年，来自美国的科学家保罗·柯索（Paul Kosok）乘坐小型飞机经过纳斯卡上空，他望下去，恍然大悟。因为2 000年来，他成为第一个用人类的眼睛，看见了纳斯卡的秘密的人。

从空中望下去，这些所谓的“古代水利工程”，并非杂乱无章的实用灌溉水沟，组成的都是别具意义的巨型几何图案和动物图案。

1939年夏至日，他再次飞过纳斯卡，发现日落时太阳的光线和地上的巨大蜂鸟嘴巴所面向的方向完全一致。

这就是令人无法置信、最摄人心魄、最神秘莫测、最无法理解的世界文化遗产——纳斯卡地画。

>> 又来了一个香港的观众

迷迷糊糊中天亮了，巴士在寸草不生的黄土高原上飞驰。崇山峻岭之间蜿蜒的下山路，路边都是悬崖。由库斯科出发，用了13个小时，早晨8点终于到了沙尘滚滚的沙漠小城纳斯卡。这个地区的年平均降雨量是0.5英寸，是全世界最干燥的地区，所以纳斯卡地画得以保存2 000年。

SAS旅行社的人在纳斯卡巴士站等我，带我去一家酒店洗澡及休息。这个安排，令搭了长途巴士的我精神一振。但聪明的我并没有在酒店吃早餐，只休息了片刻。

9点钟，旅行社的车来接我，去镇南两公里的机场。我空着肚子

纵横交错的纳斯卡地线，曾被误认为是水利工程

坐了13个小时巴士，经过荒芜的崇山峻岭

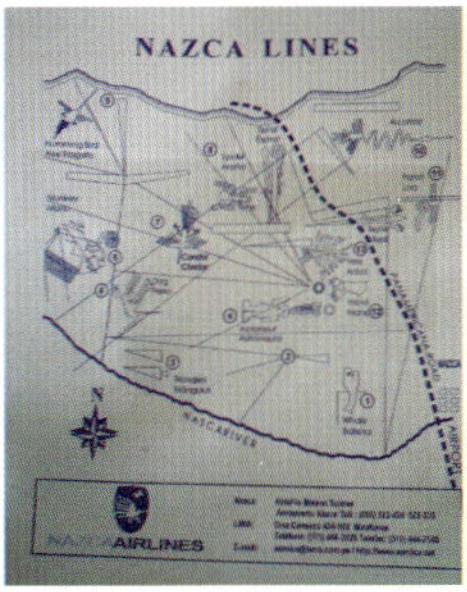

今天的飞行图，
标明了13个著名的地画

我的五人小型飞机

就上了小型飞机。因为听说抖得很厉害，会令人呕吐，所以最好空着肚子。

千山万水，来纳斯卡的各国游客只有一个目的，就是坐五人小型飞机看地画。飞行员发给我们每人一张简单的黑白影印飞行路线图，标明了今天要欣赏的13幅地画。

>> 画给上帝看

一升空，就看到地上很多垂直和平行的直线。像是巨人的画板，地上有很多等边三角形、正方形、圆圈、跑道一样的直线，动辄有数百米长。几何图形，就当是巨人的习作吧。

纳斯卡地线一共有800多条，几何图案有300多个。但是最漂亮的动物、植物图案，就只有70多个。当地小型飞机之旅带旅客欣赏的，一共有13个主要的著名画作。

这时，飞行员叫我留意："看见地下有一只海豚，50米长，张开嘴在唱歌呢！"

张牙舞爪的卷尾猴，身体有100多米长，是另一个精美的杰作。它的旋涡形尾巴，是一个个完美的圆圈。一个圆圈就有一百米，天啊，古代人是怎么看得清楚，画得那么圆的啊？

蜂鸟是世界上最小的鸟，重1.8克，身长7.6厘米，仅见于美洲。在南美洲，更被称为"神鸟"。这里的蜂鸟绝对是最大的，身长50多米，展开翅膀阔达128米。蜂鸟作状采蜜的样子，完全对称，姿态优美。

啊，它就是在1939年的夏至日，直直飞向太阳的光线的那只巨大蜂鸟啊！在中美洲的阿兹特克文化中，蜂鸟就是太阳神。它引导了保罗，启发他看懂这些巨画，不是随便乱放在地上，而是古人精心计算过天文历法后的杰作。

最复杂的图案也是飞鸟，是一只飞翔中的秃鹰，比蜂鸟更为巨大，展翅高飞，羽毛左右各五片，下面有一对爪子，爪子有四个指甲，长长的尾巴，如同凤凰，有十片羽毛。全部清清楚楚，也是完美对称。

圆肚凸眼的亚马孙蜘蛛，46米长。前四条腿，后四条腿，不是直

2 000年前的海豚先生，你好

美猴王，要香蕉吗

的，而是呈现真实的曲线。西班牙建筑师高迪曾说："直线是人类的，曲线是上帝的。"因为曲线的功夫多很多，何况这么巨型的画作。

长颈鸟（Alcatraz）是另一个奇怪的图案，用夸张扭曲的长达百米的颈部，将远到我看不见的鸟头，送到沙漠的另一边。

根据资料，还有章鱼、蜥蜴、蚂蚁、鹦鹉、海鸥、蛇、穿山甲、

最有气派的，非秃鹰大哥莫属

好长好长的长颈鸟，见尾不见头

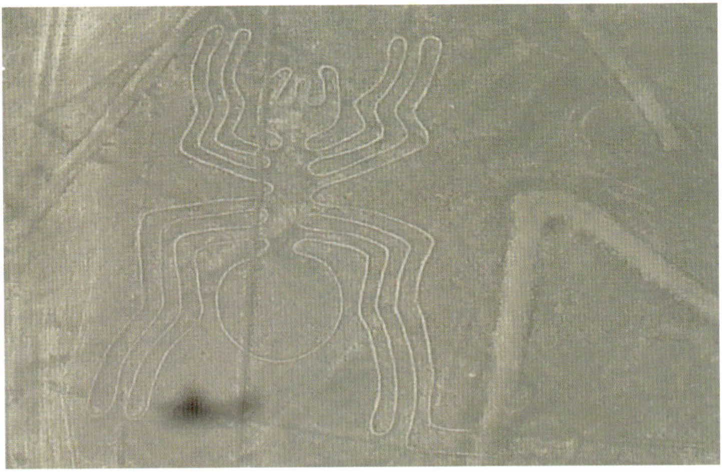

蜘蛛精在结一个2 000年的网

花等，一共70多幅巨画，但由于距离太远，小型飞机之旅不会全部到达。

地画中间，突兀着一条绵延天边、无始无终的漫长公路，这就是著名的泛美公路（Pan-American Highway）。北起美国阿拉斯加，南至智利火地岛，全长约48 000公里。纳斯卡的守护女神玛利亚生前极力反对，这条贯穿整个美洲大陆的公路经过时破坏纳斯卡地画。

>> 纳斯卡的守护女神

保罗发现了这个隐藏了2 000年的秘密数年后去世，他生前的得力助手、翻译、德国女士玛利亚・赖歇（Maria Reiche）继续了他的工作。她穷尽以后60年的时间，想来破解纳斯卡的密码。直到1998

纳斯卡机场税的票面上，就是著名的纳斯卡守护女神玛利亚

70年前，发现纳斯卡地画秘密的保罗和他的助手玛利亚

年她去世，她每天都在沙漠上飞行、测量、计算、分析、绘图。

她注意到很多纳斯卡线均与太阳的光线，在特定的日期连成一条线，并且发现更多线条与太阳循环、星座运行之间的关系。由于这些线条只能在高空才可以清楚看见，她说服了秘鲁空军协助她进行空中拍摄考察的工作。于是她陆续发现了卷尾猴、鲸、蜘蛛、鹦鹉、长颈鸟等大型图案。

玛利亚其余时间都待在位于纳斯卡的家中写作，她在《沙漠之谜》(*The Mystery of the Desert*)一书中解释了她的地画理论。她认为图案的线条是天上星图在地上的投射，通过这个投射在地上的星图，巨画的创作者一方面可以用来观察天文周期，以确定历法；二来亦可通过星图来向上天崇拜。

>> 千古不解之谜

女神研究最后提出的理论是，纳斯卡地画是“世界上最大的天文日历”，是给上天的诸神看的日历。但是她穷尽毕生研究也无法解释，为什么古代人会画、怎样画、为何画一些他们不认识的动物，而且用永远也看不见的方式作画。

根据玛利亚的研究，地画是天文定向的标志，又是满天星座的坐标。这是一幅无比巨大（世界上最大）的天文年历表，用动植物图像标出了当地的日月星辰的运作规律、农耕时节、日食月亏等。但是，70多幅巨画中，除了秃鹰以外，大部分动植物都不是产自纳斯卡当地。沙漠中的古人是怎么想象到海豚、卷尾猴、鲸、蜘蛛、鹦鹉、长颈鸟这些当地根本不存在的海洋或热带雨林动物的呢?

计划一幅地画，需要进行样本设计、定点、放大样本，由空中俯

玛利亚将观景塔建在公路和“手掌”的旁边，满足游客的好奇之余，减低对地画的破坏

瞰，最后准确地施工。在没有任何飞行器的时代，古人是如何检视他们的作品的？难道纳斯卡人已经在2 000年前懂得制造飞机了吗？

女神将她的一生贡献给了纳斯卡，除研究外，她极力反对泛美公路横跨地画，这花了她大部分的财产。她说服秘鲁政府限制公众进入古迹，并在公路旁兴建了一座高塔以便游客观看纳斯卡地画。1993年她得到了秘鲁官方的大十字级荣誉勋章，第二年成为秘鲁公民。1995年，在她的努力下，纳斯卡地画正式被联合国教科文组织列入世界遗产。玛利亚1998年病重，临终前慨叹："我永远也不能解开纳斯卡所有的谜团，这正是其魅力所在。"她在当地下葬，其故居则改为博物馆。

除了玛利亚外，其他专家则有不同的理论。秘鲁考古学家纳吉（Toribio Nejia）认为这些线是"朝圣的路线"，那些开垦的土地是为了仪式的聚会。但仍然没有一个人可以说出地画的来龙去脉。

>> Hi，外星人

一个比香港的赤鱲角国际机场大50倍的平整停机坪，有各种线条、图案、指示、坐标，供飞行员降落。多大的UFO、多少的外层空间舰队，都可以从容应付。

"火星一号，请停在长尾猴的头部。""水星全部飞船，请停在海洋区（海豚等）。""各位机师，中间的直线是大型UFO起飞专用的跑道。"

放眼一望无际的纳斯卡平原，我忽发奇想，这个空旷到大过九龙半岛的平原，平坦无一物，如同月球表面寸草不生，连一棵树都没有，不正是一个天然的巨大停机坪，给外星人降落使用吗？

>> 为什么是外星人?

因为今天亲自观察到的12个图案为几何图案，如三角形、直线、圆圈等，以及海陆空动物，如陆地的卷尾猴、蜘蛛，海中的海豚、鲸、章鱼，空中的秃鹰、蜂鸟等。

但唯一一个刻在小山坡上的，是一个叫Spaceman（航天员）的人形。头和身体的比例不是人类，而是罗斯威尔的外星人造型，头大身小。而且他戴着一个巨型眼罩，穿着和“神七”一样的臃肿的太空服。

最搞怪的是他的动作，他睁大双眼，向我友好地举起左手打招呼，似乎在说：“Hello！地球人！”可爱又亲切。

为什么唯有这个航天员有特权刻在小山坡上，而不是像所有动植物一样刻在地上？这只会令我深信不疑，他是地画的原作者，外层空间来的达·芬奇。

“你好，航天员！让你久等了我2 000年！我也等了30年才由中国来到这里和你打招呼呢！你们的舰队什么时候来地球啊？”我同他说。

和外星人打招呼的代价可不轻呢。由于我不是唯一的乘客，机师将小型飞机倾斜45度，让我可以从小小的机舱尽情拍照欣赏地画，然后又倾斜向左边，让同机的其他乘客看个够。就这样不停地倒来倒去，15分钟后我已开始想呕吐，飞行员马上熟练地拿出湿纸巾及呕吐袋给我。一会儿，其他游客也纷纷中招，好在整个飞行只有30分钟。

下了飞机，回望这片藏有巨画的荒野，果然，图案全都消失了。由于地势有起伏，只能看见数十米。巨画在地面上就完全隐形了，还给了蓝天欣赏。

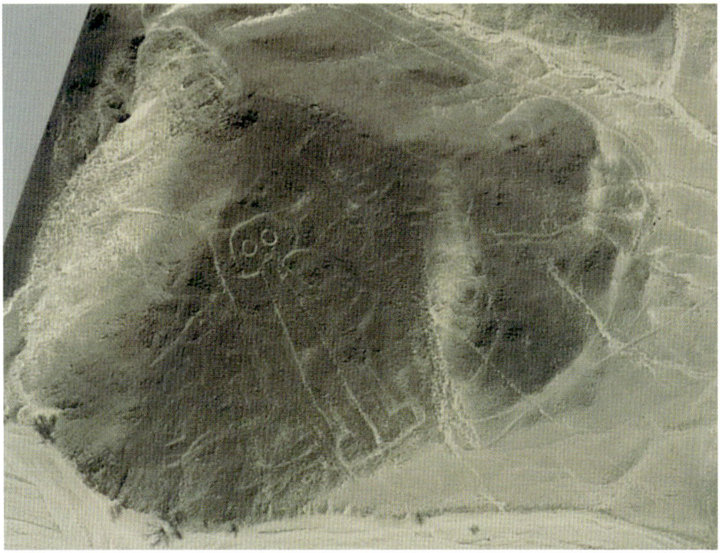

Hi，地球人！

>> 附送原始人

之后的附送行程其实是多余和令人喷饭的，即参观纳斯卡人原始简单的古墓。一堆白骨散落在地上挖的一个洞里，空荡荡的，大约和北京周口店的猿人同等落后的文化。我根本无法想象，这些超越现实的伟大停机坪坐标会是这些茹毛饮血、三餐不继的原始部落的作品。

SAS旅行社的人来接我去长途巴士站。坐下午1点30分的Royal Class巴士去首都利马。这是个不在我的旅游计划中的城市，因为我在网上买的机票，不能从库斯科抵达，从利马离开，所以我唯有在纳斯卡观光后坐12小时长途巴士返回库斯科，再飞去利马转机回美

纳斯卡人古墓，简单而原始

国。好在前天在库斯科时，我成功地在航空公司办事处改了机票，不必花半天时间再走回头路，更赚了一天在利马观光。

这双层巴士的车头，有一个环形吧台，十分宽阔。视野开阔，经过在公路旁唯一的瞭望台（玛利亚修建），可以望见纳斯卡地画的“手”图案。但巴士没有停。

>> 夜抵首都利马

经过7小时的车程，途经很多个沿海城市，巴士公司发了两次三明治。天黑了，终于到达灯火通明的利马市。在巴士总站花10新索尔坐出租车前往Miraflores区，入住Hostel Porta，这也是殖民地式建筑。

登记后已经晚上9点。步行五个街口，前往Miraflores区广场，

中途经过了很多个沙尘滚滚的城市

Miraflores区广场

电视直播足球赛，吸引路人驻足

找了一家名为Hati的餐厅吃晚餐，侍应生都穿着绿色西装，但是他们的眼睛都盯在电视机上，因为电视正在直播秘鲁对阿根廷的足球赛，侍应生没有心思招呼我。我吃了一份意大利面，再加上草莓汁，共计25新索尔。回程经过一间24小时的超市，又有很多人在看电视直播的球赛。这里马铃薯都有六种，至今马铃薯仍是当地人的主食。

新大陆，新知识

如何画纳斯卡地画?

玛利亚依据未完成的画作推测，纳斯卡地画的制作方法是：首先，选定题材，先用泥土制作模型，再利用光照射产生投影的方法，在地上根据阴影，以大石头来标示图形。再移走地表的石块，用以定边界。接着，将草原表面的深色土壤挖掉，露出下面比较淡的土壤，并用小石头围在边缘强化。移除图形内部的石头，并汇集成堆；最后，这些石头沿着边界摆放，使图形的边缘较为突出。

有人可能会质疑为什么线条可以这么笔直，其实只要几条细绳和几根木棍子，谁都可以在几小时内创造出完美的直线。至于螺旋形图案的形成，依照玛利亚的推测，首先，在木杆上缠绕一根绳子，绳子另一端绑上一根棍子，以此方式设计饼形图案；接着，绳子逐渐向外伸展，设计出越来越大的螺旋形图案；最后，清除每圈螺旋边缘的石块，露出颜色较浅的地面，以使螺旋图案更明显。

不过，即使玛利亚猜对了制作的方法，仍然无法解释这些要从空中才看得出来的大型图案，古人是怎么设计出来的。既然永远看不到自己的成品，谁会有兴趣一代接一代地吃饱饭在地上不辞劳苦地做这种傻事呢！

2006年4月，日本的考古队在更远的沙漠中，找到一个从未被发现的纳斯卡图案。看来，纳斯卡的秘密，还需要一代接一代慢慢地去揭晓。

13

PERU

首都城市：利马

秘鲁政治动荡，军人独裁，政变频频，贪腐的日裔前首相藤森曾经独裁十年，最近被引渡回国受审。巨额外债、高通货膨胀、猖獗的毒品走私活动、都市化产生的大量城市贫民，令人对其首都利马望而却步。

利马原本不在我的旅行计划之中。我的美国亲戚告诉我，这个西班牙人建在海边的首都，是为了怕印加人造反，方便随时起航逃回欧洲，它毫无本土文化特色，又脏又乱，失业率高，治安很差。

但是要坐一通宵巴士到纳斯卡的我，又要连续第二晚坐13个小时巴士回库斯科，未免太残酷了。阴差阳错地，我前两天在库斯科的Lan Air办公室，已成功地改了回程登机地点为利马。于是，我由纳斯卡坐了8小时巴士，终于来到这个首都城市。

>> 利马市中心广场

但利马送给我的，是意外的惊喜及会心的微笑。

其实，每一个地方，当地人对陌生外国游客的态度，会是决定游客爱与恨的最大因子。我在利马幸运遇上一群可爱漂亮的朋友，令我对这个臭名昭著的城市，居然一见钟情。

我在酒店吃过早餐后，坐10新索尔的出租车前往旧城。利马的旧城区中心广场也叫兵器广场（和库斯科一样）。四周有政府大楼、高等法院、大教堂、总统府等欧洲风格的宏伟建筑。

利马大教堂（La Catedral de Lima）建于1555年，1746年曾经由于地震破坏而重建。那个杀死印加王的大坏蛋皮萨罗就供奉在这

利马城是皮萨罗于1535年建的，城中心到处都可见到他的纪念像

里。广场上也有一个皮萨罗的铜像。我可能太爱印加，太讨厌无知野蛮的刽子手，没有停留就出来了。

和库斯科不同，利马的人口以西班牙人后裔、混血儿（白人和原住民混血）为主。纯正原住民大部分仍居住在安第斯高山。

利马大教堂1746年曾经被地震破坏而重建，所以两边的钟楼比中间大门新

>> 利马亲善大使

我从天主总堂参观完出来，外面多了一队穿着帅气整齐的银乐队制服的中学生，他们在排队照相，见我拿出相机拍他们，个个都望向我，露出洁白的牙齿，有人还淘气地伸出舌头。笔挺的制服，油亮的皮鞋，这群朝气蓬勃、青春少艾的混血美少年，每一位如同天桥上的模特儿，闪烁晶莹的蓝眼睛，散发着拉丁美洲混血儿的自信和傲气。

上午11点半，广场中间的总统府开始换班仪式。学生放下乐器，趁机拥过去看热闹。大家站在一起，个个都好奇地盯着我这个唯一的亚洲人面孔，搞得我都有些脸红。

会讲英语的老师告诉我，他们刚刚赢得全国银乐队比赛的冠军，今天特别来广场拍摄照片及DVD。见老师同我说话了，这些中学生也走过来同我搭讪。他们叽里咕噜，很兴奋地和我讲西班牙语，然后指手画脚。于是，我们开始玩照相，一起拍一些搞怪的合影，他们还借了领队的佩剑给我拿着，又将自己的帽子戴在我头上，教我摆出一个代表“好运”的手势拍照。

另一些小女孩也围过来仔细研究我背包上的军曹公仔，神情十分认真。但老实的学生们没有向我索取什么东西。才不到10分钟，他们已当我是自己人，玩成一团。至于总统府那些士兵的换班仪式，也没有我这个亚洲人吸引他们呢！

小女孩对军曹认真研究

领队的帅哥借了佩剑给我玩

排着队，也要和我合影

>> 印加西班牙终极和谐

然后，他们叫我和他们一起去另一个广场，看他们现场表演得奖的银乐。这种即兴的节目求之不得。由于拿大鼓的小个子中学生太矮，他于是征用了我帮他拿鼓，走了三个街口。

到了三个街口外的另一个小广场Plaza Bolivar，开始表演了。不愧是冠军，不是坐着演奏或站着不动吹奏，而是整齐的步操演奏，花式复杂，令人眼花缭乱。

他们的制服手臂原来可以一起打开，变成双臂的一对翼，展翅齐飞。最后，中间的小号手更利落地一下子躺睡在其后的人的小腿上，一个接一个地，一条直线地躺下，继续吹出动人的乐章，两旁的中号手随即下跪，现出后排整齐站立的一排大号手及鼓手。叹为

香港朋友，今天利马为你吹响号角

观止的时候，忽变队形，左右两边队友横跨过中间躺下的乐手，又向前迈步，排出另一个对称斜角的阵式，十分神气地向我吹打过来。

我当然享有很多“朋友”的特权，我的朋友们都望着我吹奏，或向我单眼，反而对老师的摄像机没有反应。

这一群利马的友好大使表演完了，又拥过来，和我交换电邮地址和Facebook。虽然第一次来南美洲的我学了一些西班牙语，但还差得远呢。

混合了南美的纯朴和拉丁的热情血统，利马少年友善真挚，青春可爱，多才多艺，和我这个陌生的游客玩了两个多小时，成了利马最难忘的节目。

>> 利马大血拼

和少年们道别后，我开始了利马的血拼之旅。由于利马游客委实不多，商品的价格远远低于库斯科或马丘比丘这些被日本游客惯坏了的旅游城市。总体来说，秘鲁纪念品和工艺品的价格，基本上和游客的数量成正比。在游客必到的马丘比丘山下，购物最贵。在库斯科好一些。但在游客最少的利马，价格是秘鲁最便宜的。我计算过，利马的价格是马丘比丘的价格的一半左右。

秘鲁是一个农业国家，原住民几千年发展出来的纺织品、纯银饰物、手工艺品，绝对在其他国家看不到，值得购买。

当然，首选是羊驼毛Alpaca的毛巾、毛衣、毛毯。例如一张马丘比丘图案的Alpaca小地毯，在马丘比丘叫价150新索尔，这里才25新索尔。现在它已经在我家门口做守门了。很多民族手工艺品更是1美元以下。这里简直是南美洲的购物天堂，令我钱包大出血。

利马很多殖民风格建筑外面，都挂着精致木雕的阳台，这成为纪念品的原型

利马人真是购物狂啊！你看这位仁兄

木雕的秘鲁屋仔阳台！
我将剩下的秘鲁硬币粘贴上去做装饰

>> Pima Cotton（秘鲁棉）

除了Alpaca，另外一种秘鲁的特产，是内衣名牌卡尔文·克莱恩（Calvin Klein）教育我的。如果你对“100%纯棉”已十分满足的话，就不必看下去了。

大约在10年前吧，我就发现Calvin Klein有一种质地的内衣比一般纯棉的贵一倍以上，称为Pima Cotton，制造地一定是秘鲁。我每一年都会买一两件给自己，最简单的款式也要四五百港元。纤维特长，又薄又轻，光泽如丝，手感如缎，洗了很多次也不缩水，反而越来越柔软。

全世界的棉花种类过千，但只有3%可以被称为ELS（特长绒棉）或极品棉。最名贵的是海岛棉，发现于大西洋的无名小岛，织品富有闪烁的丝光，市面上所谓的海岛棉大都是假的，因为其价格比开司米羊绒还昂贵。

其次就是Pima Cotton了。生长于安第斯的高山，日照时间特别长，棉的成熟度高，而且只能人工采摘，棉绒特长，手感柔软，韧度十足，色泽光亮。美国近年也引进种植，称为Supima。记得在纽约的第五大道Saks百货公司见过一千针以上的Supima的白色简单无花床单，价格过千美元。这比世界床单之最、意大利王室专用的Frette还昂贵，因此我曾问过东京伊势丹百货公司内的Frette专卖店，他们也没有Pima Cotton的床单。

第三位就是埃及棉，很多欧洲名牌衣服都有采用，例如巴宝利（Burberry）的高价Polo Shirt往往都会注明是埃及棉。

第四位是我们中国的新疆棉，日本品牌MUJI的内衣就是采用新疆棉。市面97%的棉花都是一般的棉花，包括印度棉。

入宝山岂能空手而归？但我在利马寻寻觅觅，最大的几间百货公司居然没有Pima Cotton的任何东西！最后，找到了一家内衣专卖店，见到Pima的几个字，令我欣喜若狂。价格是Calvin Klein的十分之一吧，我毫不犹豫地买了一打内裤、一打内衣。店铺位于Plaza de Armas和Palacio de Gobiemo之间。

>> 再见！秘鲁

买累了，就去吃烤鸡，9新索尔一个套餐，有四分之一只鸡。我叫了一杯秘鲁啤酒，庆祝秘鲁之旅大功告成！

回到旅馆后，坐30新索尔的出租车前往机场。这个司机是新手，沿途一边走一边问路人。

Cristal是秘鲁当地啤酒，Cerveza意即啤酒

大口吃烤鸡，喝啤酒，庆祝我的秘鲁之旅

善良宽容的印加人，令我更加爱上这片土地

到了机场发现还剩60新索尔，在机场商店逛逛。发现这里的纪念品店比起市区的店铺贵了两倍多。最后发现了秘鲁的Alpaca名牌店Kuna，颈巾要95—200新索尔，钱不够。最后找到一对Alpaca的保暖鞋，60新索尔，在外面市场没有见过，就用尽了我所有的秘鲁币，还差5新索尔，钱包中还有最后一枚想留念的5新索尔，因为硬币背面有我钟爱的纳斯卡地画，没办法，征用了。心满意足，依依不舍，坐上半夜1点40分的飞机前往美国洛杉矶。

回望这次六天的秘鲁之旅，代表印加王朝辉煌历史的库斯科和马丘比丘，与西班牙人在500年前兴建的利马，是两个截然不同的世界。南半球的土著文化和北半球的欧洲文明，共存在这片神奇的土地上，今天完全没有民族仇恨，没有一丝种族血泪的痕迹。库斯科的印加王在广场被绞死后，太阳神庙成了天主教堂，印加王后裔反而成为虔诚的天主教徒，更和西班牙人大量通婚。善良宽容，接

马丘比丘不可思议的美丽，更令人怀念

纳拥抱，这些自称“安第斯人”的混血儿，令这个神秘的大陆增加了无尽的旅游乐趣。因为，说到底，人还是一个地方最重要的资产。何况，还有一位特别嘉宾——来自外层空间的小王子，令我怎么能忘怀。

第一次自己计划去这么远的地方，第一次踏出熟悉的旧世界，拥抱新大陆。结果发现南美洲是一个真正的惊喜。不是想象之中那么困难重重，收获及满足感大于太过熟悉的旧世界。

心满意足，依依不舍地再三回望，这个和天很接近、蓝宝石天空、美丽神秘、热情可人、历史遗产丰厚、气质独一无二的拉丁美洲混血大美人。

初次和我魂牵梦萦三十年的爱人约会了。我一定会再回来看你。

利马小贴士

气候

不同于高原的库斯科和马丘比丘，纳斯卡靠近秘鲁南方海岸的沙漠荒野，海拔不高，所以不用担心高原反应和紫外线过强。

纳斯卡全年都干旱无雨，夏季是12月到第二年5月，平均温度27℃。6月到11月是冬季，平均温度约18℃。

利马位于太平洋岸边，气候和纳斯卡类似。

治安

拉丁民族天生热情好客，对于稀客中国人更是好奇加友好。我所到之处，即使语言不通，当地人也都很友好地搭肩膀合影，还召唤亲朋一起开心合影。

利马的治安据说很差，但我白天在市中心，感觉十分安全。有事可以找到处都有的“游客警察”。晚上的Miraflores市中心也很热闹，我一个人走在街上也不担心。

餐饮

全程吃的多种当地菜中，最精彩的算是烤鸡了。

利马市中心有很多烤鸡店，当街的烤鸡机上挂着几十只流着鸡油不停转动的烤鸡。四分之一只鸡的套餐8新索尔，有沙拉及汤送。一个男生吃也很饱，十分入味，很香，又嫩又滑。女生可以选择鸡腿套餐，才4新索尔。

饮料方面，有“印加可乐”（Inca Cola），黄色透明，味道和可口可乐也差不多。山长水远来朝圣，当然要支持一下本土的特产啦。

利马的中国城叫Barrio Chino，市区有很多中国餐厅，广东菜也不少。回来后看国家地理频道的纪录片，原来利马的很多华人是旧金山“卖猪仔”年代就来了南美闯世界。现在全秘鲁有160万华裔，利马现在15%的人口都有华人血统。中国人以开设秘鲁中餐Chifas（“吃饭”的国语发音）餐厅为主。

印加可乐，超甜

新大陆，新知识

西班牙式入侵

当一个封闭的落后文明，首次碰到一个外来的先进文明，结果是摧毁性的。

中美洲最骁勇善战的阿兹特克人、横亘南美洲的印加帝国，是众多中南美洲文明的佼佼者。他们征服了其他美洲原住民部落，数千年在这个安全独立的大陆上繁衍出独特的文化、宗教、农业、语言、建筑。如果没有航海大发现，他们会逐渐由石器时代，过渡到青铜时代、铁器时代。

但一旦碰到外来的先进文明，八万印加军队被150个高头大马、船坚炮利的西班牙人吓得不战而降，最后整个国家灭亡，文明崩溃，灰飞烟灭。正所谓“内战内行，外战外行”。

当代最杰出的宇宙学家霍金（Stephen Hawkin）预言，人类如果真的碰到入侵地球的外星人，下场就和印加人一样，而地球将沦为外星人的殖民地。那么，香港的国际金融中心岂不成了印加的太阳神庙，太平山顶成了马丘比丘，将来供外星人游客来参观的“史前地球原住民遗迹”？

霍金的这个假设，是外星人如15世纪的西班牙殖民者一般野蛮和具摧毁性。那我们看一看，500年前那一帮强盗一样的西班牙人到底是什么人。

由葡萄牙领航的15世纪航海大发现，源于新兴的欧洲民族国家掠夺海外财富的梦想。《马可·波罗游记》中对遍地黄金、香料、丝绸、茶叶的亚洲（主要是中国和印度）的描写，引起葡萄牙人的兴趣，首先于1492年发现可以通过好望角抵达印度洋。眼红的邻国西班牙奋起直追，唯有向另一边大西洋西行，想绕道去香料之国——

印度。1492年8月3日哥伦布向西航行，很幸运，他只用了两个月零九天，就在茫茫大海中看到了陆地——欧洲人第一次抵达了美洲的古巴。这一天是10月12日，就是后来美洲各国定为节日的哥伦布日。

哥伦布发现新大陆后29年，读书不成的西班牙青年埃尔南·科尔特斯（Hernán Cortés）和一群乌合之众，灭了墨西哥的阿兹特克帝国，成了富翁。11年后，另一个步兵上校的私生子皮萨罗有样学样，自行召募了150个西班牙青年，由已经是西班牙殖民地的巴拿马南下，生擒并绞死了第一次见到白人的印加王。

当时的西班牙人，刚刚经历了欧洲最黑暗、封闭的中世纪。中世纪如何荒唐野蛮？圣女贞德为解放法国，被罗马教廷的宗教裁判所以“女巫罪”判处火刑，19岁在法国鲁昂当众被活活烧死。当时欧洲为维护天主教的正统性，以残酷手段惩罚异端，在法国都如此，何况在新大陆。前往新大陆的西班牙青年，都是一帮社会上的低下阶层、还没有经历“文艺复兴”的乡巴佬，当然不懂何谓保护文明。

唯有希望，如果有一天外星人入侵地球，他们是文明和先进的考古学家，像1839年发现墨西哥的玛雅迷城的斯蒂芬斯，或1911年发现马丘比丘的美国历史学家宾厄姆那样。当有一天，先进的外星人在银河的2 000亿个星云中，先发现太阳系，再偶然“发现”其中

皮萨罗突袭印加王

在传教士主持下，在库斯科广场上公开火烧印加王

石器时代的印加人，已经懂得修建如此雄伟的天空之城

平心而论，宾厄姆虽然顺手牵羊，
但没有破坏马丘比丘的建筑

一颗蓝色小行星上有70亿个“原住民”。先进文明不会因为这些原始低等的生物污染环境、互相打斗杀戮了5 000年而大动肝火，反而怜香惜玉，保护人类文化，我们或许能逃过像阿兹特克、印加帝国那样的一劫。

后记

给马丘比丘上的三毛

如果你在这本书中，偶尔看到三毛穿上“蹦裘”（Poncho）的纤弱背影，听到她柔弱的西班牙语呢喃，用契川话*叫“妈咪达”，我会欣喜若狂。她是我少年的世界、南美的导游、青春的旅伴、灵魂的良师。

三毛曾用了大半年时间走遍中南美洲12个国家。大作家没有一张相片，没有用任何笔墨描写12个国家的风景名胜、名山大川。在《万水千山走遍》一书之《秘鲁纪行四章》，用了两章集中写这18天大雨中遇到的两个有趣的人。一个荷兰空姐安妮，另一个最令我仰望羡慕的《夜戏——雨原之二》，那是我用了毕生吃奶的力气也写不出来的天女散花、沉鱼落雁。过了20多年，我到了库斯科广场，还在不停地寻找那个三毛笔下活灵活现的穿“蹦裘”外套的中年印第安人。

雨，没有停过。但三毛决定“不见到那地方是不肯离开秘鲁”。最后雨停了，她到了马丘比丘。“那一片迷城啊，便呈现在山顶一片烟雨朦胧的平原上。书本上、画片上看了几百回的石墙断垣，一旦亲身面对着它，还是有些说不出的激动。曾经是我心中梦想过千万遍的一片神秘高原，真的在云雨中进入它时，一份沧桑之感却上心头，拂也拂不开。”

“我坐在一块大石上，盘上了双脚，”然后三毛用契川话呼唤太阳神的处女，“背后一阵凉意袭上来。不要哭，安息啊，不要再哭了。啜泣和呜咽不停，他们初来不能交谈。可怜的鬼魂，我的朋友，有什么委屈，倾诉出来吧。”

“我心里很难过，因为三毛竟不能去看这些神秘的古迹，她一直认为这些东西真是南美洲比较重要、比较有趣的一景。”三毛的助手米夏，最后到了纳斯卡，给病床上的三毛写信说。

“这一路来，只要进入了掺杂着印第安人血液的国家，在我的经验中，总多了一份他们待人的忠厚善良。”很明显，三毛对印第安人是偏爱的，对美洲的入侵者是存有戒心的。

希望我没有辜负三毛如泣如诉的沧桑文字的引领。借这本小书，将我途中听到的千禧年代契川话悲苦潦倒的情怀，印第安人的忠厚热情、善良厚拙，送给马丘比丘上盘着双脚、穿着“蹦裘”、永远的三毛。

三毛啊，你心中梦想过千万遍的云雾中那片神秘雨原，一切都依旧。

少年不识愁滋味，你道出了我的心里话：“世上的欢乐幸福，总结起来只有几种。而千行的眼泪，却有千种不同的疼痛。”18天倾盆大雨不停、千行苦泪催生你的写作灵感。但我还是再三劝想来秘鲁的朋友，千万不要跟你一样，在雨季来访。旱季的秘鲁，没有眼泪，没有悲怆，没有愁云惨雾，只有蓝天白云下的友善笑容。

谜底，终于解开了。千山万水走遍之后，我依然偏执地使用这一张在马丘比丘上盘着双脚、穿着“蹦裘”的相片，作为我Facebook、微博上的头像多年。

*契川话：Quechua，现代词典正式翻译为盖丘亚语，只有三毛使用过“契川话”一词。